PANDAHILL

SKIZZEN 2020

2020

Herstellung und Verlag: BoD - Books on Demand, Norderstedt
ISBN: 978-3-7519-5314-6

www.pandahill.de

Erst am Ende der Befreiung aller Dinge wird der Mensch sich selbst befreit haben.

FANG

Es läuft dieser Song aus der 90er Jahre Bacardi Werbung im Radio, als sie an ihm vorbei fahren. Um 22:57 Uhr beschließen Margarethe und ihr Freund Jean-Paul einen Bagel zu essen, bei Coffee Fellows, in dieser finsteren, lauwarmen Spät-Sommernacht auf der A 38 in westlicher Richtung. Die Einfahrt zur Raststätte ist gepflastert mit Lastwagen, die ihr Lager aufschlagen. Ein paar Kilometer vorher haben sie ein Auto gesehen, das auf dem Standstreifen stand, tot, ohne Licht, ohne Warndreieck, ohne Mensch.

Scheiße, meint Jean-Paul, schau dir mal den an. Gib Gas und lass uns weiterfahren, wir nehmen die nächste Raststätte. -Ich will aber nicht die nächste Raststätte, entgegnet

Margarethe giftig, ich will meinen Triple Cheese Bagel und ich will ihn jetzt.

Wenns um Essen geht versteht sie keinen Spaß und schon gar keine Kompromisse. Und was, erklärt sich der ängstliche, dürre Jean-Paul hinter seiner riesigen Hornbrille, halb versteckt unter der Kapuze seines ausgeleierten, braunen Pullovers - was ist, wenn der Typ voll der Psycho ist, so wie die creepy Dudes, über die man in der Crime immer liest -Es ist mir scheiß egal, ob das ein creepy Dude aus der Crime ist, schimpft die massiv gebaute Margarethe in ihren schwarzen, zerrissenen Leggins, unter dem großen, grauen Überwurf - ist mir echt voll wuppe, wa? Der soll sich mal nicht mit mir anlegen, wenn ich Kohldampf habe!
-Aber wir sind vor einer Stunde vom All You Can Eat Buffet losgefahren… weil es leer war!
-Was?!? WAS?!?!
-Nnn….nichts, ergibt sich Jean-Paul, ich bin nur sauer, weil die in dem Restaurant schon nach 18 Gängen keine Ente und keine Nudeln mehr hatten… ich hab sooo Hunger!

-Also, dass du Hunger hast, kann ich mir nicht vorstellen, so wie du gefressen hast, kommentiert Margarethe schnippisch. Aber mach was du willst, du Bohnenstange im Speckmantel, du.

Und so lässt Jean-Paul das Schicksal über sich ergehen. Wenn er noch länger diskutiert, dann frisst ihn seine Freundin lebendig. Da ist das Risiko, dass dieser verlotterte, blutverschmierte Typ, der hier die Einfahrt zur Autobahn-Raststätte ohne Wagen hinkend hinein schlurft, ein wahnsinniger Serienmörder sein könnte, bei Weitem attraktiver. Lass mich nur schnell die Polizei anrufen, ja?, meint er noch, woraufhin Margarethe, die kaum noch sprechen kann vor lauter Speichelfluss, aggressiv schwabbelnd aufs Lenkrad schlägt und droht, wenn du noch einen Satz sagst, der nichts mit Bagel oder dreifachem Käse zu tun hat, dann beiß ich dir den Kopf ab!

Sein Bein tut so unfassbar weh, dass er eigentlich nur noch darüber lachen kann. Aber das macht er nicht, er ist fokussiert, auch, wenn er ins Leer blicken mag. Es gibt nur ein Ziel und nichts, das ihn davon abhalten wird. So schleppt er sich Schritt für Schritt, Meter für Meter, zur friedlich erleuchteten Tankstelle, eine grotesk dunkelrote Linie aus Blut hinter sich her ziehend.

Vor der automatischen Schiebetür bleibt er kurz stehen, Maskenpflicht. In Zeiten der Corona Pandemie muss er Mund und Nase bedecken. Also kramt er sein dreckiges, tiefrot gefärbtes Tuch aus der Tasche seiner zerrissenen, schwarzen Cargo Hose. Bevor er es sich umbindet, wringt er es nochmal aus, dickflüssige, blutige Tropfen fallen zu Boden, als würde er ein abstraktes Bild malen. Er sieht nun aus wie ein Cowboy der Apokalypse und schleppt sich weiter zum Tresen. Ein paar polnische LKW Fahrer hocken in der Ecke, kippen Wodka und mampfen recht geräuschvoll Knackwürste. Die junge Dame auf der anderen Seite der Plexiglas-Scheibe schaut ihn an. Oh, je, alles in Ordnung, fragt sie besorgt?

Er nickt nur.

Kann ich Ihnen helfen?

Er nickt. Eine Schachtel Pepe, bitte, die dunkelgrünen, und ein Feuerzeug.

Seine Stimme klingt schmerzverzerrt, nur schwerfällig kehrt er die Worte aus seinem Rachen. Die junge Angestellte schiebt skeptisch die Kippen unter dem Virenschutz durch. Mit verklebten Fingern greift er danach, fischt sich eine Zigarette aus der Packung. Ssss…sieben Euro Siebzig, stammelt die junge Frau.

Er nickt, holt einen feuchten, blutgetränkten Zehner aus seiner Tasche, klatscht ihn kraftlos gegen die Scheibe, wo er kleben bleibt wie eine missbrauchte Serviette. Dann zerrt er träge das schmutzige Tuch von seinem Gesicht, zündet sich die Kippe an und sinkt laut lachend in sich zusammen, während das flackernde Blaulicht immer näher kommt.

Corey Taylor schreit sich die Seele aus dem Leib, aber es ist nunmal der einzige Klingelton, bei dem sie wach wird. Maya ist auf dem Sofa eingeschlafen, auf dem Fernseher fragt Netflix, ob sie noch zuschaut, das Kind liegt neben ihr und schnarcht. Panisch schreckt sie hoch als wäre sie gerade einem Alptraum entflohen.

Doch der fängt gerade erst an.

Sie nimmt den Anruf mit halbgeschlossenen Augen entgegen, schleicht leise aus dem Wohnzimmer damit der Kleine nicht aufwacht. Die Polizei ist dran, sagt, man habe ihren Mann in einer Tankstelle aufgegabelt, verletzt, verwahrlost und unansprechbar. Zwei Minuten später sitzt sie mit dem schlafenden Kind im Auto und rast in die Nacht.

Kim klammert sich an einen dampfenden, miserablen Kaffee, von dem er noch keinen Schluck genommen hat. Man hat ihn grob gereinigt, seine Klamotten beschlagnahmt und seine Wunden verbunden. In einem grauen, namenlosen Sportanzug sitzt er da im

Verhörraum, starrt auf seine Hände. Papa!, ruft sein vierjähriger Sohn, der ihn von der anderen Seite des Spiegels sieht. Obwohl er ihn nicht hören kann, schaut Kim auf, zeigt zum ersten Mal eine annähernd menschliche Reaktion.

Wann haben Sie ihn das letzte Mal gesehen?, will der Polizeibeamte Helmut Mahler von Maya wissen, die besorgt ihre langen, grauschwarz gefärbten Haare um ihre Finger wickelt.

Sie haben in der letzten Woche ein paar Mal per FaceTime telefoniert, aber richtig bewusst gesehen hat sie ihn vor sechs Tagen, als er nackt auf dem Bett stand und sie kniend vor ihm. Mit großen Augen schaute sie ihn an, sein Sperma schluckend, lächelnd. Dann schaltete er die kleine Nachttischlampe aus und sie schliefen eng umschlungen ein. Am nächsten Morgen, als sie noch vor Morgengrauen zur Arbeit ging, lag er in einem tiefen, traumlosen Schlaf. Maya gab ihm einen Kuss auf die Stirn und einen neckischen Klaps auf den nackten Hintern, bevor sie noch mit der Wärme der letzten Nacht in den Adern die Wohnung verließ.

Tag EINS 06.36 Uhr: Hand in Hand schleichen die ersten Sonnenstrahlen und sanfter Kaffeeduft durch die Räume. Kim wird von seinem Sohn Rod geweckt, der gerade auf ihm herumturnt. Er spielt Monster und faucht seinen Vater an. Nach ein paar morgendlichen Albernheiten frühstücken die beiden, ziehen sich an und machen sich mit dem Fahrrad auf Richtung Kindergarten. Sie wohnen in einem ruhigen Vorort, recht ländlich. Kim, eigentlich Großstadtkind, radelt mit einer gewissen Selbstironie über den Feldweg, entlang an Wiesen, über eine kleine Brücke, die über einen kleinen Fluss führt. Es ist herrliches Spätsommer-Wetter. Rod verabschiedet sich rührend herzlich von seinem Vater, weiß, dass er für ein paar Tage weg sein wird. Mit seinem kleinen Deuter-Rucksack auf dem Rücken rennt er zur Kindergartentür, hoch zu seinen Freunden, im zweiten Stockwerk schaut er nochmal aus dem Fenster im Treppenhaus, winkt, wird dann aber von einem Kind abgelenkt, das unachtsamer Weise gegen das Glas rennt. Rod verdreht die Augen und schüttelt den Kopf, denn der ungeschickte Junge neben ihn ist Lennox Dee Hempel, der stets für solche Aktionen gut ist. Kim winkt zurück, muss über die Situation lachen, was dem Daddy von Lennox Dee nicht wirklich gefällt. Der steht neben ihm am Tor vom kleinen Zaun, heißt Henry Hempel aka Beat Boy [sein DJ Name] und hält tapfer den 2000er House Style am Leben, mit männlicher Version der Hühnerarsch-Frisur, hellblauen Lee Jeans, weißen DC Sneakern und einer weißen Trainingsjacke.

Er sagt nichts, guckt nur leicht grimmig zum grinsenden Kim rüber. Grundlegend ist er aber ein netter Kerl, lebt wie die meisten in dem verschlafenen, Thüringer Nest in der gefühlten, selektiven Vergangenheit.

Kim und Beat Boy haben für ein paar Meter einen gemeinsamen Weg nachhause, also gehen sie zusammen ein Stück und unterhalten sich. Grundlegend hasst Kim es,

mit den anderen Eltern zu reden, nicht, weil sie nicht nett sind oder er sie nicht leiden kann, nein, es hat drei Gründe:
1 es gibt eigentlich nichts zu reden, wozu also das Rarara?
2 sie sind wie 70-jährige, die in den Körper von 30-jährigen gestopft wurden
3 er redet grundlegend nicht gerne.

Ganz besonders hat Kim eine Abneigung gegen lockere Unterhaltungen, Small Talk und so was. Es kommt ihn immer so vor, als würde man sein eigenes Essen mit ins Restaurant bringen - muss doch nicht sein.

Jedenfalls, Herr Hempel ist ungefähr im gleichen Alter wie Kim, Anfang Dreißig, die Grenz-Generation zwischen dem analogen und digitalen Zeitalter, *wohl die einzigen, die beide Welten verstehen und die Retter der Menschheit sein könnten, nur nicht sind, weil wir durch die zweidimensionalen Barbaren, die uns umschließen wie eine Pizza Calzone, umzingelt sind. Es ist Zeit für eine Revolte!*

Sowas hatte Kim beim ersten Kindergeburtstag, auf dem Rod eingeladen war, zu den anderen Eltern gesagt und seit dem geht Maya lieber alleine auf solche Veranstaltungen. Entsprechend zurückhalten ist Kim gerade auf den anfänglich schweigsamen Weg der beiden Väter, den sie nur gemeinsam bestreiten, weil es ein ungeschriebenes Gesetzt auf dem Land ist, dass man das so macht. Beat Boy Hempel macht dann den ersten Aufschlag, relativ umgänglich.

-Freitag, endlich Wochenende, hey, was geht da bei dir so?

-Ähm, na ja, also ich fahre ne Woche weg, Elbsandsteingebirge, wandern.

-Mit der ganzen Familie?

-Ne, die bleiben hier. Nur ein paar Freunde und ich.

-Geil, Mann, dann lass richtig die Schwarte krachen, Boy, ich mach das auch zwei, drei mal im Jahr, einfach mal raus und GIB IHM bis zum Abwinken.

-Ja, ok, na gut, wir wollen eigentlich wirklich durchs Gebirge laufen, Natur und so.
-Klar, Mann, total, voll verständlich. Haste da auch so ne App und so?
-Ja, klar.
-Kollegen von mir machen das auch, Adidas App, Outdoor Kings, Real Men Maps, ich kenn mich aus. Was hast du so?
-Pokémon Go.

Und so findet das Gespräch ein jähes Ende.

10.27 Uhr: Kaffee läuft links und rechts an seinen Mundwinkeln herab. Gierig schüttet er sich die schwarze Brühe in die Kehle [sein Thermobecher ist schon voll und immer noch genau eine Tasse übrig]. Und da Kim es hasst, Lebensmittel zu verschwenden und schleunig zum Zug muss, ergibt sich jene Szene, schwer bepackt mit Backpack und frisch geputzten Zähnen, die dem Kaffee einen seltsamen Geschmack verleihen.

Die kleine Provinzbahn chauffiert ihn bei herrlichstem Wetter nach Erfurt. Dort hat er einen Aufenthalt von knapp einer halben Stunde, die er nutzt, um sich ein Comic zu kaufen und seinen Kaffeevorrat aufzustocken. Schließlich schmeißt er sich in eine weitere Regionalbahn und landet kurz nach 14 Uhr in Gera, wo die Bande bereits auf ihn wartet. Von da an geht die Fahrt weiter in einem Toyota Kleinbus, graphitschwarz mit grünen Felgen und einem orangefarbenen Trittbrett an den Seiten. Nach gut zwei Stunden heiterer Fahrt mit Skatepunk und Chili-Schoten erreichen sie das tschechische Hinterland. Sie lassen die Kleinstädte hinter sich, deren Architektur noch stark an den Sozialismus erinnert, im Laufe der Jahre runtergekommen, veraltet und trostlos. Auch die niedlichen Dörfer durchqueren sie, gelangen über schier endlose Landstraßen zu kleineren Bauernhöfen und schließlich zu einem kleinen Haus mit großem Garten, nicht weit vom Wald entfernt.

Schon seit fast 20 Jahren essen die Jungs bei gemeinsamen Abenteuern Chilis. Die Jungs… die Männer mittlerweile… sind Kim, Paul, Sven, Corbin und Axel. Nachdem nun die scharfe Frucht feurig durch den Darm gewandert ist, entfacht ein heißblütiger Kampf ums Badezimmer.

Während Corbin hinter verschlossenen Türen leidet, bringen die anderen den Rest ins Haus, das aus zwei Stockwerken besteht, offen, wie eine 90er Jahre-Loft.

Das notwendige Equipment für den Wanderurlaub wird ausgeladen und eingerichtet. Wanderschuhe, Rucksäcke, Flachbild-Fernseher, Playstation 4, Super Nintendo, Smoothie-Mixer, Espresso-Kocher, French-Press, Kaffee-Mühle, Waffeleisen, Pizza-Ofen. Sie fotografieren die Einrichtung und stellen dann alles um, sodass eine kleine Entertainment-Insel in der Mitte entsteht. Ein großes Bett hinter einer japanischen Trennwand richten sie ein, denn in zwei Tagen stößt noch ein Freund zur Gruppe hinzu, Porno Paule, der so heißt, weil er einen Style hat, der dezent an einen 70er Jahre Porno-Darsteller hat.

Er ist schon etwas älter, lernte die Gruppe erst später kennen, als sie schon erwachsen waren. Porno bringt seine neue Freundin mit, Xenia, die eigentlich seine persönliche Fitnesstrainerin ist, denn Porno hat mächtig zugelegt, was seinem Charme jedoch nicht mindert, zudem die sportliche Xenia feucht wird beim Anblick von Fetten. Sie liebt Dickbäuche.

Jedenfalls, als sie mit allem fertig sind und die letzte Pizza im Ofen den Käse zum tanzen bringt, sitzen die Jungs draußen im Garten, lassen einen Joint rumgehen, trinken Bier und schauen in die Ferne auf eine großartige, raue Natur, die durch die eintretende Dunkelheit von Minute zu Minute schöner wird.

Ich bin so gespannt, meint Corbin, da draußen gibt es so viele Pokémons, so viele Arenen. Wir müssen morgen wirklich bei Tagesanbruch raus und rein in die Wildnis.

Tag ZWEI 08.01 Uhr: Axel wacht auf. Die anderen liegen noch im Nest, da schlurft er gähnend die dezent knarzende Treppe herunter in die Küche, wirft ein paar Bohnen in die Kaffeemühle und fängt an zu mahlen. Der schlaksige Kollege wartet auf kochendes Wasser, putzt dabei seine Brille mit dem T-Shirt, schaut aus dem Fenster. Die Sonne ist bereits kräftig am Start, der Tag verliert keine Zeit, prahlt energievoll draußen vor der Tür wie ein übermotivierter Fußball-Trainer. Das kleine Haus liegt im waldigen Halbschatten, als Axel mit seinem dampfenden Kaffee nach draußen marschiert, sich der Idylle des böhmischen Hinterlandes hingebend. Gedankenlos schlendert er ums Haus, hockt sich auf eine Bank an der Waldseite. Er schlägt die Beine übereinander wie ein alter Politiker, will zufrieden einen Schluck nehmen, als etwas vom Baum fällt und genau in die Tasse fällt. Brühend heißer Kaffee spritzt ihm ins Gesicht, auf die Hände. Mit Schmerz gefärbten Schreien springt er auf, kippt sich dabei den Rest der schwarzen Brühe über seinen Schritt. Tanzend wie ein Betrunkener, der vor einer geschlossenen Klotür ausharren muss, stapft er stöhnend im Kreis. Was war das denn, faucht er. Dann schaut er zum Boden, untersucht die Tasse, die dank des weichen Laubs noch ganz ist. Getränkt im dampfenden Kaffee liegt ein toter Vogel auf der Erde. Axel schreckt auf und schaut nach oben, als ob in den Ästen der Buche eine Antwort stehen würde, aber dort ist nichts weiter. Dann blickt er wieder herab auf das Tier, schüttelt sich ein wenig in der Hoffnung, den Ekel und das Unwohlsein loswerden zu können, was nicht klappt, im Gegenteil, er wedelt sich den Geruch von Kaffee und Tod direkt in den Rachen.

Er will wieder ins Haus gehen, läuft noch leicht verstört ums Eck und nach drinnen, wo die anderen immer noch ein schnarchendes a capella Konzert von sich geben. Axel beschließt zu duschen, wirft seine Klamotten in die Ecke vom Badezimmer und wartet auf warmes Wasser. Vergebens.

Es ist dann letztlich kurz nach zehn, als die Jungs fertig sind mit dem ausgiebigen Frühstück und sich auf den Weg machen. Bei spätsommerlich warmen Wetter wandern sie zunächst querfeldein. Axel hat niemanden von dem toten Vogel erzählt, weil er ein ungutes Gefühl dabei hat, also ist er die ganze Zeit recht schweigsam, was nicht ungewöhnlich ist, denn Axel redet ähnlich Kim nicht sonderlich viel. Corbin und Sven stürzen vorweg auf der Jagd nach Pokémons. In der Nähe vom Prebischtor häufen sich die kleinen, digitalen Tierchen. Klar, touristischer Hotspot, viele Menschen, viele Familien, viele Kinder. Neben typischen Wanderern mit ihrer Alpinen-Ausrüstung, alten Leuten, die sich auf Stöcke gestützt die Wege entlang schleifen, fetten und dürren Hippstern und Teenagern aus Emo-Rap-Videos, schwirren Kim und seine Freunde umher wie Fledermäuse in einer Vogelvoliere. Aufgedreht wie Kinder rennen sie gutgelaunt umher, stürzen abseits der Routen herum, kriechen durchs Dickicht, klettern auf Felsen herum. Der eine ist sportlich angezogen, der andere eher als wäre er sonntags von der Couch aufgestanden. Corbin läuft zielstrebig vorweg, mit dem Handy vor der Nase, steuert den nächsten Spot an, wo sich der nächste Pokémon sich befindet.

13.14 Uhr: Rast auf einem bezaubernden Aussichtspunkt. Die Gruppe spachtelt ihren Proviant, trinkt Wasser. Der Felsbrocken, auf dem sie hocken ist umgeben von tiefen Abgründen, in der Ferne erstreckt sich tief grüner Wald bis zum Horizont. Sie sind so angenehm fern ab der Touristen Strecke, von jenem Lärm menschlicher Moderne, die ihre schwarzen, schmutzigen Fäden durch die Natur zieht wie Motoren-Öl im klaren Wasser. Es ist ein stiller, schöner Moment unter dem Lächeln der Sonne, hoch oben über allem. Pivo de la noche, singt Kim mit weicher Stimme und andächtiger Melodie. Was bedeutet das, fragt Corbin. Pivo, Amigo, Bier auf tschechisch. Denn jetzt ist der Augenblick, da wir unser Bier des Tages öffnen sollten, einen besseren wird es heute nicht mehr geben. Hat jemand Bier dabei?

-Nein.

-Nein.

-Ne.

-Nooo, Mist, aber du hast recht. Jetzt ein Pivo wäre jetzt mega, stimmt Axel zu, betrachtet dabei traurig seine Trinkflasche mit dem coolen Zelda Logo.

Noch ein Selfie, noch ein Pokémon-Arena-Kampf, dann brechen sie wieder auf.

16.57 Uhr: die Gruppe erreicht das Kamnitzklamm, eine malerische Schlucht mitten im Wald. Am Fuße der Felsen, stets am Fluss entlang laufen sie schnellen Schrittes, überholen eine Touristengruppe nach der anderen. Als schließlich an der Stauung ankommen, wo ein Fährmann sie in seinem motorlosen Boot ans andere Ende der Schlucht gondelt, stauen sich auch die Menschen. Maskiert, portioniert in kleinen Einheiten, Sicherheitsabstand. Was sie vereint ist der Dampf der Zigaretten, die wie Schornsteine über dem viktorianischen London die Luft über sich mit einem gräulichen Film belegen.

17.23 Uhr: sie finden einen Platz im Boot, eng aneinander gereiht, als würde eine venezianische Gondel durch die U-Bahn von Tokio schippern. Der Fährmann spielt Melodien aus alten Western, der Klang seiner Mundharmonika erfüllt die Schlucht, schwebt an ihren Wänden empor. Kim versucht derweilen in Zentimeter-Schritten von seinem direkten Banknachbarn weg zu rücken, einem stinkenden, bärtigen Kerl mit Glatze, der speckige Armeeklamotten trägt. Er ist halb am einschlafen, sabbert dabei ein wenig in seinen ziemlich ungepflegten Bart, dessen weiße Haare zum Teil gelb verfärbt sind. Ihm gegenüber sitzt eine aufgetakelte Frau Anfang zwanzig, die allerdings aussieht wie Ende vierzig. Kim kann die Konstellation zu dem Typ neben ihm nicht genau zuordnen, aber sie macht Fotos und zeigt sie wiederum ihrer Banknachbarin, die eine ältere Version von ihr selbst ist.

Paul hockt viel weiter vorn im Boot, beobachtet den Wald, der direkt ans Flussufer angrenzt. Im Dickicht erkennt er einen

Rehkopf, verborgen im Unterholz. Zunächst denkt er, das Tier schaue ihn an, aber je länger er hinsieht, desto lebloser werden die Augen des Rehs. Dann auf einmal verschwindet der Kopf, wie vom Wald gefressen. Paul starrt ins Leere, auch noch, als das Boot längst an der Stelle vorbei ist, als alle Passagiere schon ausgestiegen sind und die anderen sowie der Fährmann darauf warten, dass er endlich aufsteht. Sven muss ihn vier Mal rufen, bis er aus seiner Trance gerissen wird. Nich einschlafen, Diggi, meint Sven, nur noch 5 Kilometer und dann nochmal zwei, dann sind wir zurück, wo kühles Pivo auf uns wartet.

19.22 Uhr: Kim, Paul, Sven, Corbin und Axel sind weniger als hundert Meter von ihrem Ferienhaus entfernt. Sie nähern sich dem Grundstück von der Waldseite her. Es ist kein richtiger Weg durch den sie sich kämpfen, eher ein Trampelpfad, der sich hin und wieder im Gestrüpp verliert und wie aus Geisterhand an anderer Stelle wieder auftaucht. Kim ist der einzige, der keinen Wander- sondern Laufschuhe trägt. Als er wenige Schritt vor sich einen Baumstamm sieht, der quer über den Trampelpfad liegt, nimmt er Anlauf und springt drüber. Allerdings landet er auf der anderen Seite mit dem rechten Fuß genau auf einem leicht spitzen Stein, der sich unter dünnem Laub und Moos versteckt, knickt weg und kracht diagonal auf einen weiteren, kleineren Baumstamm, der auf der Erde liegt. Ohne es überzudramatisieren springt er gleich wieder auf, jedoch mit starken, stechenden Schmerzen im Fußgelenk und den Rippen.

Kurz darauf erreicht die Gruppe das Haus von der hinteren Seite, direkt da, wo Axel am Morgen seinen Kaffee trinken wollte, genau da, wo der tote Vogel herab fiel. Doch der ist weg, genauso wie die Kaffeeflecken auf der Bank.

Noch bevor Corbin den Schlüssel aus seinem Rucksack vor der Eingangstür stehend hervor gekramt hat, hören sie seltsam grunzende Rockmusik vom Inneren. Ein paar Sekunden halten sie die Luft an, werfen sich fragende Blicke zu, doch ehe jemand was sagen kann, hat Corbin die Tür geöffnet. Langsam treten sie ein, die Mucke ist nun fast unerträglich laut. Wie ein heißerer Bär plärrt eine Stimme schwer verständliches Zeug aus den Boxen, nur irgendwelche rassistischen Schlagworte kann man wahrnehmen. Auf der Couch liegt ein dürrer Jugendlicher, stark verbraucht, mit tätowierten Fingern, Beatles Frisur und dreckiger Brille. Er schreckt auf als Corbin kräftig gegen die Couch tritt, um die leere Bierflaschen verteilt sind. Der Junge springt hoch, ist hellwach, grinst in die Runde und schüttelt seinen Kopf zur Musik. Deutsch! Deutsch! Yeah!! Deutschland gut, schreit er lachend, wedelt dabei mit seiner Hand. Paul läuft zur Anlage und zieht den Stecker. Das Rechtsrock-Geschredder verstummt. Ehy, Sorry, Guys, ich meine sorry, Männer, plappert der verstörte Jugendliche in gebrochenem Deutsch, ich hier Hausmeister, alles gut, Boss sagt machst du sauber, ich so ja, klar, wo denn, er so, im Haus am Wald, bei die Deutschen, ich so klar, Deutsch super, Deutsch gut, yeah, Nazi, ich Nazi, also logo, ich wollen extra gut putzen für Kameraden aus Deutschland, dann Pivo, Pivo, verstehen, Bier, gutes Bier gefunden, ich dachte, kleine Schluck für die Arbeit, und dann schnarch, schnarch, Mucki, Mucki, ahh, Mucki, Mucki, Party, Party Deutsch!, alles klar?

Lächelnd steht er vor den fünf Freunden, die ihn mit grimmiger Miene anschauen. Sven packt ihn schließlich am Nacken und schleift ihn aus dem Haus, Paul nimmt die CD aus dem Player und wirft sie ihm hinterher. Kim ruft augenblicklich den Vermieter der Ferienwohnung an und will wissen, was das Theater soll. Dieser entschuldigt sich ganz wild und höflich in perfektem Deutsch, meint, es wäre nicht der richtige Hausmeister, nur der vertrottelte Sohn seiner Nachbarin, der hin und wieder mal für ihn arbeite, habe ihm aber schon tausend Male erklärt, dass er das Haus erst reinigen soll, wenn die Gäste ganz abgereist sind. Dann entschuldigt er sich noch ein paar Mal und meint, dass er ihnen einen Tag weniger berechne und auch einen Kasten Bier vorbei bringen werde. Kim lehnt dies alles ab, meint, das will er nicht, er will nur, dass *keine Scheiß Nazis hier rumgammeln*. Der

Vermieter versteht das, alles klar, meint er, Antifa, Antifa! Na, meinetwegen, knurrt Kim noch abschließend mehr für sich als für den Vermieter ins Telefon, bevor er auflegt und sein Handy schnaubend aufs Sofa wirft.

23.33 Uhr: Kim, Corbin und Paul sitzen auf dem Sofa und spielen Playstation, Axel und Paul sitzen auf dem kleinen Balkon im ersten Stock, rauchen und trinken. Plötzlich hämmert es unten gegen die Eingangstür. Die Jungs ignorieren es zunächst, bis das Klopfen intensiver wird. Doch gerade als Paul aufstehen und nachsehen will, verstummt das Geräusch. Was zum Geier war das?, fragt er vielmehr das Schicksal als seine Freunde. Scheiß drauf, meint Corbin, jetzt sieh halt nach, sagt Kim.

Als Paul sich entschließt, doch wieder die Füße hochzulegen und nach dem Playstation Controller greift, springt Kim auf und sieht nach. Als er die Tür öffnet und nach draußen schaut sieht er zunächst nichts, nur eine finstere, schlafende Nacht. Dann fallen ihm dunkle Blutspuren auf, die zum Haus führen. Als er seinen Kopf dreht und langsam zur Tür blickt, sieht er fast auf Augenhöhe direkt in die leblosen, starren Augen eines toten Vogels. Kim, hauptberuflich Tier-Aktivist, wird aggressiv bei dem Anblick. Doch klar ist: so viel Blut kann niemals von dem kleinen Federvieh kommen, das hier mit ausgebreiteten Flügeln angenagelt prangert wie ein morbider Weihnachtskranz. Erst als er Schritt nach hinten macht erkennt er, dass mit dem Blut etwas an die Tür geschmiert ist. Aber er kann es nicht entziffern. Er ruft die Jungs bei, die sich das makabere Werk wortlos und mit Ekel im Gesicht betrachten, bis Axel auffällt, dass es der Vogel ist, der am Morgen in seine Kaffeetasse gefallen war. Hey, wartet mal, Leute, erklärt er, ich kenn den Vogel.

-Ist ein Buchfink, oder?, schätzt Paul.
-Was? Nein, also keine Ahnung, was für eine Art das ist, aber ich kenne den, also genau den Vogel. Der ist heute früh tot vom Baum gefallen und in meine Kaffeetasse gekracht.
-Wie jetzt?, meint Sven.

-Na, einfach so. Ich saß mit meinem Kaffee hinterm Haus auf der Bank und auf einmal ZACK ist er in meine Tasse gefallen.

-Echt jetzt?, will Paul wissen.

-Ja, Mann. Dann bin ich rein, mich duschen, und dann sind wir los und als wir heute Abend wieder hier waren, war er plötzlich weg. Ich dachte ja, der komische Pivo Nazi Hausmeister hat ihn weggeräumt.

-Hey, jetzt zieh das Wort Pivo da nicht mit rein, interveniert Sven.

-Hat er bestimmt auch, sagt Kim. Er hat ihn bestimmt mitgenommen, sich daheim besoffen und ist wieder her und hat das hier fabriziert.

-Aber warum denn?, fragt Axel.

-Na, weil wir nicht seine Nazi-Kumpel sein wollten, erklärt Corbin.

Marek liegt unweit entfernt im Gras und beobachtet das Ganze durch ein Fernglas mit kindlicher Freude. Er wartet darauf, dass die Gruppe Angst kriegt, in Panik verfällt, Hilfe ruft oder sonst darauf reagiert, aber das tun sie nicht. Sie machen Fotos, dann nehmen sie den

Vogel ab, wischen das Blut weg - so gut es geht - und gehen wieder nach drinnen.

Enttäuscht trottet er durch die Nacht nachhause, steckt sich dabei eine Zigarette nach der anderen an und trinkt fast die ganze Flasche selbstgebrannten Slivovice. Mürrisch torkelnd kickt er die klapprige Hoftür auf, betritt den kleinen Bauernhof in einer Siedlung von drei weiteren, kleinen Bauernhöfen. Heute veranstaltet sein Vater mal wieder eine Kampfnacht, illegale Hundekämpfe. Er, Thomas KIEFER-KILLER Karpfen, 1,88 Meter groß, 120 KG stämmig, überzeugter Neonazi, stammt aus einer deutschen Kleinstadt, tauchte in Tschechien unter und gründete eine Familie, einen neuen Klan. Seine Hobbys sind MMA und Hundekämpfe. Seine Frau Lucie sieht vielmehr aus, als wäre sie seine Zwillingsschwester, stammt aber hier aus der Gegend, wuchs in der Siedlung auf, gemeinsam mit Pavel, der nebenan wohnt und das Ferienhaus am Wald an Kim und die anderen vermietet.

Thomas' bester Kampfhund Supermaschine hat mal wieder alle anderen platt gemacht, nicht nur getötet, richtig zerfetzt. Er selbst hat kaum etwas abbekommen, ist allerdings von oben bis unten mit Blut getränkt. Tatjana, 16 Jahre, dunkle, lange Haare, sieht aus als wäre sie einem Gothic Comic entsprungen, Tochter von Pavel, will Tierärztin werden, säubert den Vierbeiner gerade in der riesigen Küche in einer Wanne, wo Thomas und ein paar andere Nazis sich heftig besaufen und laut Fascho-Dance-Schlager hören. Gerade stimmen sie alle zu dem Sommerhit 2020 - Deutschland! Deutschland! Deutschlaaaaand! der Gruppe Heil! aus Düsseldorf mit ein, als der geknickte Marek hinzustößt. Er ist stark betrunken, kann kaum noch stehen oder sprechen. Ohne jemanden groß zu grüßen sackt er auf dem alten, durchgesessenen Sofa zusammen. In seinen schlapprigen, dreckigen Klamotten wirkt sein dürrer Körper wie eine Vogelscheuche aus nutzlosen Stöcken. Sein Vater bemerkt den geisterhaften Schatten eines Jungen gar nicht wirklich, der apathisch da hockt und vor sich hin sabbert. Nur im

Halbschlaf kriegt Marek seine Umgebung mit, nickt immer mal wieder ein, saugt schemenhaft das Geprahle und das Saufgelage der machohaften, alten Leute auf. Zu denen will er unbedingt dazu gehören, aber sie machen sich über ihn lustig, bei jeder Gelegenheit, die sich bietet. Bald verfällt er in einen tiefen, traumlosen Schlaf, der getränkt ist vom Gefühlskater aus Hass, Enttäuschung, Erniedrigung und Frust.

Tag DREI 06.09 Uhr: Kims Handy ist als Erster wach. Es rappelt vor sich hin, will gehört werden, denn auf der anderen Seite warten Maya und Rod, die einen Video-Anruf per Face Time starten. Kim ist sofort hellwach, als er das sieht, dann schleicht er sich an den schnarchenden Freunden vorbei, leise Richtung Bad, wo er ungestört telefonieren kann. Mit unbeschreiblicher Freude grinst er auf das Display, in dem Rod neben seiner Mama im Bett sitzt und kalte Pizza mampft, von der er ein Riesenstück stolz in die Kamera hält.

-Na, wie war der erste Tag?, will Maya wissen.
-Mega, tolle Natur, nur leider ein bisschen viele Touristen.
-Und wie ist es mit den Jungs?
-Sehr nice, wie immer, erklärt Kim kurz und knapp.
-Magst nicht reden?, meint Maya.
-Niemals, weißt du doch. Aber jetzt erzähl du mal, wie war's denn bei euch? Was habt ihr gestern Abend denn gemacht so ohne mich?

Und so beginnt Maya ihre Ausführungen von gestern, als sie gebacken haben, aufgeräumt, gespielt und vieles mehr, während Rod gemütlich neben ihr hockt und seine Pizza knabbert.

Nach knapp 20 Minuten kommt Kim aus dem Bad geschlendert, wird mit dem Duft von frischem Kaffee geködert. Moin, moin, Amigo, singt Corbin von der Küche her, zaubert dabei einen Espresso nach dem anderen. Schon wach?, meint Kim, gerade eben war hier noch Friedhof angesagt.

-Klar, Mann, ich bin schon die ganze Zeit am Start, Käffchen gefällig?

07.44 Uhr: es klingelt an der Tür. Außer Kim und Corbin ist zu diesem Zeitpunkt keiner wach. Draußen vor der Tür steht Pavel, klein, untersetzt, 10 Tage Bart, zeigt auf die Tür und entschuldigt sich für die Schmierei mit dem toten Vogel. Er sagt, Marek sei ein bisschen unterbelichtet, sei aber nunmal der Sohn seiner Nachbarin, was soll er machen? Als Zeichen des guten Willens und um einer schlechten Bewertung zu entgehen, hat er einen Kasten Bier für die Jungs mitgebracht. Pivo, Pivo!, meint er, alles gut?

Kim und Corbin, die beide ein wenig high von zu viel Espresso sind, müssen über den kleinen, dicklichen Kerl lachen, mit seinem Fußball-Trikot und seiner übertrieben freundlichen Art. Also sagen sie ja, ja, alles gut, und Pavel dackelt schließlich zufrieden von dannen.

Sie schleppen den Kasten Staropramen nach drinnen und *scheiß drauf,* eins können sie ja aufmachen.

Zwei Stunden und vier Bier später sind dann auch die anderen auf den Beinen, es wird gemeinsam gefrühstückt, die heutige Route besprochen. Hey, meint Paul, Porno hat gerade geschrieben, ist in zwei Stunden da, ob wir warten wollen?
-Ne, ey, dann ist wieder der halbe Tag rum.
-Ja, genau, lass loslaufen, Porno kann doch solange in die Sauna gehen oder so.
-Na, warte mal, wir können ihn doch einfach unseren Standort schicken, dann kann er immer noch entscheiden, ob er dazu kommt oder hier wartet.
-Hehe, Xenia wird ihn scheuchen, meint Axel grinsend mit seinem Pivo in der Hand.
-Whaaaa, da würde ich meine Friese nicht drauf verwetten, wenn unser Fetti Fett Fett sich einmal das Näschen pudert ist die ganz gerne mit dabei und dann ist rum mit Sport.
-Hehe, Sport-Ficken, ja, lacht Sven.

-Hey, jetzt mal ernsthaft, ich dachte, sie legt wert auf Gesundheit, gutes Essen, nichtrauchen, Bewegung, innere Ausgeglichenheit und so Sachen, wunder sich Kim.
-Stimmt ja auch, heißt aber nicht, dass sie's am Wochenende nich' auch ma krachen lässt.
-Boaa [Corbin] und das nicht zu knapp, aaaaalter Schwede. Freitag um Mittag macht sie Feierabend, dann gibt's ne fixe Dusche und ab ins Wochenende, gib ihm durch bis Sonntag die Sonne aufgeht, dann pennt sie bis Montag durch und dann heißt's wieder Sportmaus volle Kraft voraus.
-Dann ist sie ja genau das die Richtige für Porno Paule [Axel].

Mhmm...sie tut ihm zumindest gut, meint Corbin, nimmt den letzten Schluck aus seiner Bier-Flasche, hält sie gegen die Sonne und bewundert das leuchtende Grün des Glases.

10.06 Uhr: Marek liegt noch immer auf der schäbigen Couch, hat sexuelle Fantasien, die er mit Sliwowitz und Zigaretten abkühlt, ausräuchern will, aber keine Chance. So lange sein Vater die 16-jährige Tatjana nagelt als wäre sie ein Trainingsgerät in der Mucki-Bude, kann er einfach an nichts anderes denken, als sie selbst zu ficken. Er kennt sie von klein auf, liebt sie, begehrt sie, bewundert sie, denn eigentlich ist sie viel zu schlau, viel zu nett und viel zu hübsch um in dieser Gegend unter diesen Leuten zu leben. Oft, wenn er sentimental durch den Wald stromert, betrunken und einsam, stellt er sich vor, was für eine großartige Karriere Tatjana in der großen, weiten Welt haben könnte. Dann träumt er, wie sie Tierärztin bei einer großen Organisation ist und im Hinterland von Timbuktu verletzte Löwen flickt, sie wieder in die Wildnis entlässt, wie sie Schauspielerin ist und bei den Oscars über den roten Teppich gleitet, wie sie Anführerin einer Widerstands-Bewegung ist, die sich gegen die politische Unterdrückung auflehnt. Marek ist davon überzeugt, dass Tatjana einer von den

Menschen ist, über die man etwas im Fernsehen sieht, über die man in 50 Jahren im Geschichtsunterricht was lernen muss. Sie ist der helle Nordstern in seinem düsteren Universum. Aber jeder Schrei holt ihn die Realität zurück, aber es ist nicht Tatjana, die schreit während sie von monströsen Nazi-Schwänzen bearbeitet wird, nein, sie sind es, die Macho-Männer, die übertrieben muskulös, zutätowiert bis unter die Augen, in schrillen, hohen Stimmen kreischen, wenn sie kommen. Neben der verringerten Gehirnaktivität eine weitere Nebenwirkung der experimentellen Präparate, die Thomas und seine Kameraden an sich und den Hunden testen. Sie fühlen sich als Rambo im Dschungel, sehen auch so aus, hören sich allerdings an wie die Eisprinzessin die gerade ein kleines Kätzchen sieht.

Nachdem Thomas schreit *Hier kommt die Supperwichse, hier KOMMT DIE SUUUUUPERWWWWWWWWICHSÄÄÄÄÄÄÄ ÄÄÄÄÄ!!!* und auf die Füße von Tatjana ejakuliert hat, schlendert er rüber zu Couch, greift sich die Schnapps-Flasche von Marek, nimmt einen kräftigen Hieb und fischt sich eine Zigarette. Nackt, schwitzend hockt er neben dem traurigen Jungen, gibt ihn einen Klaps auf den Oberschenkel und sagt, los, du bist dran, jetzt zeig, was du kannst.

Marek will nicht, was heißt, dass er schon will, aber nicht so, nicht hier und vor allem nicht, wenn an seiner Herzensdame der Schmotter von seinem Alten klebt, aber was soll er machen? Mit etwas Glück wird Tatjana in zehn Jahren in New York leben und höchstens in deprimierten Nächten an diese Zeit, diesen Ort denken, aber er wird dann immer noch hier leben, und wenn er nicht der Depp der Nachbarschaft bleiben will, muss er sich Respekt verschaffen, ein Mann sein. Mann wird man nicht, man ist Mann, ist einer Sprüche, den sein Vater stets predigt.

Jetzt schaltet sich auch noch Lucie, seine Mutter, ein, die die ganze Sache filmt. Los, Marek-Schätzchen, darauf hast du doch sooo lange gewartet, trau dich. Und mach die keine

Sorgen, wenn du vor Aufregung schlaff sein solltest, die Kleine hier hat noch jede weiche Nudel steif geblasen.

Marek nimmt noch einen kräftigen Schluck, dann marschiert er selbstbewusst zu Tatjana, die gerade auf einen Nazi mit schwarzen Dreadlocks reitet. Fast ihr ganzer Körper ist mit einem feinen Schleim überzogen, ein Mix aus Speichel, Speiseöl und Sperma. Er öffnet die Hose, zieht sie herab und steht nun im Donald Duck Kostüm vor ihr. Tatjana ist positiv überrascht von dem recht großen Schwanz, der an dem dürren Kerl herabhängt wie eine Salami über der Wursttheke. Sie greift danach und nimmt ihn tief in den Mund.

10.47 Uhr: Thomas, Lucie, und Manni [Dreadlock-Nazi] stehen neben Marek und schauen gemeinsam nach unten. Tatjana spuckt, reibt, schluckt, klatscht ihn gegen ihre Lippen, gegen ihre Brüste, sie erzählt dreckiges Zeug, stöhnt, aber es hilft alles nichts, Marek kriegt einfach keinen hoch. Dann steht Tatjana auf, wischt sich den Mund ab und meint, *Tja, na ja, mach dir nichts draus, ich mach erst mal Frühstück, vielleicht klappt's ja wann anders*. Sie gibt ihn noch einen Kuss auf die Wangen und schlendert nackt mit einem Handtuch in den Händen Richtung Küche.

Thomas nimmt sich seinen Sohn zur Seite. Hey, meint er, Tatjana ist mit Abstand die geilste Alte, die es im Umkreis gibt und ich weiß, dass du in sie... na ja, verliebt bist [der Macho ekelt sich ein wenig vor solchen Worten]. Liegt es daran? Bis du total verknallt und willst lieber mit ihr schmusen statt sie zu ficken? Dann lass dir gesagt sein, die Kleine steht nicht auf Schwuchteln, klar? Die will es hart besorgt kriegen, in alle Löcher und das stundenlang. Also mach dir keinen Kopf und fick einfach drauf los, okay? Brauchst du vielleicht was zum klar kommen? Was für die Nase? Hmm?

-Nein, meint Marek bestimmend, weil er weiß, dass er nicht nur ansatzweise Schwäche zeigen darf, dass sein Vater ihn gerade testet und er keinen Fehler machen darf, also sagt er, es ist nichts davon, ich bin nur noch innerlich so aufgewühlt über diese jüdischen Antifa Homos, die gerade in Pavels Haus am Wald übernachten.

Thomas' Gesicht verzieht sich, mit finsterer Mimik fragt er, *Moment mal - was für Antifa Homos?*

11.36 Uhr: Kim knabbert eine fruchtig feurige Chili und hat aus Versehen in die Sonne geschaut, die unverblümt auf die Erde starrt als wäre sie nie neugieriger gewesen. Nach den paar Bier am frühen Tage fällt er gerade in ein Energie- und Gute Laune Loch. Die Carolina Reaper zwischen seinen Zähnen soll dem entgegen wirken, doch zunächst fühlt sich sein Rachen an wie ein ausgebranntes Whisky-Fass. Seine Augen tränen wild, die Welt um ihn herum wirkt wie geflutet, sein Herz rast. High und belebt schlendert er nun den anderen hinterher durch einen sterbenden Wald. Tote, weiße Nadelbäume umgeben ihn und die dürre Erde bis zum Horizont. Es stimmt nicht, denkt er, du bist nicht was du isst, sondern wie du isst. *Und so wandere ich durch das Ödland eines ausgebrannten Holzkohle-Grills.*

12.01 Uhr: Porno Paule und Xenia sind angekommen und rufen die Jungs an, die darauf ihren Standort schicken. Nachdem sie ein paar Stunden im temperierten, kühlen Ford Focus verbrachten, fängt der schwabbelige Porno direkt an zu schwitzen, als er aus der Karre steigt. Die flippige Xenia hat sich auf der Fahrt gut ein halbes Gramm Kokain geballert und verschwendet keine Zeit damit, auch die zweite Hälfte zu schniefen. Porno [noch nüchtern, da Fahrer] steigt mit ein. So hocken sie sich ihre Rucksäcke auf, legen noch für jeden zwei kleine Bahnen auf der Ablage im Kofferraum und wollen losstürzen, doch Xenia wird ein bisschen geil und packt Porno gierig in den Schritt, der nicht abgeneigt anfängt zu grinsen. Doch dann wird er abgelenkt weil er sich erschrickt vor einem alten, kleinen, krummen Mann, der nur wenige Meter entfernt hinter dem Haus Richtung Wald lautlos auftaucht. Er macht eine groteske Bewegung mit seinen Armen und seiner Hüfte, wie wenn er mit sich selbst Polonaise auf der Stelle tanzen würde. Er hat keinen Zahn im Mund und lacht verstörend. Porno weiß nicht so recht, ob er ihn verscheuchen, mit ihm reden oder vor ihm flüchten soll. Dann fängt der kleine Mann auf einmal an zu singen [mit dem Akzent vom Soldaten Schwejk]: fickt sie denn nicht niedlich, die Marlene Dietrich, fickt sie denn nicht niedlich, die Marlene Dietrich... Hahahahhehehehehöhöhöhöhöhöööööö

Porno zündet sich erstmal eine Zigarette an und wischt sich den Schweiß von den Augenbrauen. Der Alte hört plötzlich auf mit den Faxen. Sein Gesicht verzieht sich, er schaut zutiefst grimmig. Nix lustig, die Deutschen, nix lustig... dann winkt er ab und verschwindet hinter der Hausecke im Wald, so lautlos wie er erschienen ist. Porno blickt zu Xenia, seine Augen fragen, ob er sie es auch gesehen hat. Die große, kräftige Sportlerin stapft hinter dem Alten her, verschwindet auch hinter der Hausecke. Porno schlappt ihr nach. Dann stehen sie hinterm Haus, blicken Richtung Wald, keine Seele weit und breit.

Hmmm.... meint Porno. Er schaut auf sein Handy. Hey, sagt er, wir müssen auch genau in diese Richtung.

-Querfeldein?

-Yeap, straight durch den Wald.

12.44 Uhr: auf der Jagd nach einem weiteren Pokémon führt Corbin die anderen heraus aus dem endzeitlichen Waldstück und hinein in ein kleines Tal umgeben von steilen Hängen, tiefen, grünen Urwald und endlosem, matschigen Moor. Morsche Baumstämme, in dickes Moos gehüllt, ziehen sich wie zerfledertes Geflecht über den sumpfigen Boden, der gierig alles verschlingt was er kriegen kann. Axel versucht einen Alternativ-Weg, kraxelt am zum Teil recht felsigen Rand entlang, doch an einer senkrecht nach oben verlaufenden Steinwand ist Schluss. Es geht weder weiter oben rum, noch unterhalb, also hangelt er sich an einer gebrechlichen Fichte herab, die wie ein geisterhaftes Schiffswrack ins Moor zu den anderen führt. Langsam und vorsichtig tastet er sich Schritt für Schritt voran.

Laub raschelt, Äste knacken, Axel atmet ruhig, ist konzentriert, denn wenn er wegrutscht oder sonst irgendwie ins Fallen geraten würde, wäre das ziemlich schlecht und das weiß er auch, versucht sich aber von den Felskanten, den gefällten Bäumen mit ihren spitzen Speeren, nicht beunruhigen zu lassen. Dabei bemerkt er den riesigen Stein nicht, der weit über seinen Kopf geduldig auf den richtigen Moment wartet. Dann geht alles ganz schnell. Fast geräuschlos stürzt ein gewaltiger Brocken durch die Luft. Er hört ihn erst, als er wenige Meter hinter ihm auf den Hang kracht und aggressiv nach unten rollt.

Ein einzig dumpfer Schlag und alles ist vorbei.

12.57 Uhr: Corbin, Kim, Paul und Sven haben das Moor verlassen, dass in einer Art Staudamm aus Geäst und Schlamm mündet. Sie sind an den Seiten hochgeklettert und machen nun eine kleine Rast auf einem Felsvorsprung, von wo aus sie einen relativ guten Überblick über die Umgebung haben, zumindest bis zu der Biegung.

Hey, Leute, meint Corbin, der Fleck hier ladet ja geradezu zum rasten ein, wenn Axel vor uns gewesen wäre, hätte er bestimmt hier auf uns gewartet.

-Tja, also war sein Weg diesmal doch nicht der kürzere, wie?, schlaumeiert Sven, sich genüsslich ein Bier öffnend.

-Sollten wir nach ihm sehen? Er klettert schon ganz gerne Mal riskante Ecken hoch? [Kim]

-Ach, der weiß schon, was er macht. Er wird nur gemerkt haben, dass man eben doch nicht drumherum kommt und man durch den Sumpf muss. Nur weil er keinen Bock auf nasse Schuhe hat… [Paul]

-Hmm, gibt sich Kim zufrieden, na gut. [öffnet eine Flasche Bier]

13.22 Uhr: Ihre Rufe bleiben unbeantwortet. Der Name Axel schallt durch das kleine, sumpfige Tal, aber von ihm ist keine Spur. Während Sven und Paul die Stellung halten, machen sich Kim und Corbin auf den

Rückweg, suchen nach ihrem Freund. Corbin hat seine Augen aufs Handy fixiert, folgt Axels Standort, Kim läuft vor ihm, führt sie durch die reale Welt. Sie finden tatsächlich sein iPhone, halb mit Laub bedeckt am Rand des Sumpfes liegend. Es ist kaum dreckig, kaum kaputt, selbst das Display ist noch ganz. Kim ist skeptisch, weiß nur nicht warum. Corbin packt Axels Handy, will es aufheben, als plötzlich eine Bärenfalle zuschlägt. Schreie, Blut, knackende Knochen. Kim versucht die Falle mit einem Stock auseinander zu ziehen, aber keine Chance, die Zacken beißen sich immer tiefer in Corbins rechten Arm. Die Falle hat einen kleinen Motor, der die Kiefer kräftig und unaufhaltsam zusammendrückt. Schließlich ist sie durch, Corbin ist frei, brüllt vor Schmerz und hält seinen zerfetzten Stumpf. Er wird panisch, Kim versucht die Wunde abzubinden, aber es bleibt keine Zeit, Corbin wird ohnmächtig, bricht im Sumpf zusammen. Kim geht in die Hocke, will den regungslosen Körper aufheben, dabei wirft er noch einen flüchtigen Blick zu der motorisierten Falle, die weiter zittert und summend ihre Zähne gierig ineinander presst.

13.33 Uhr: Sven, Paul und Kim hocken schweigend neben Corbins Körper. Er ist blass, atmet ganz schwach. Sie haben ihn zugedeckt, den Stumpf abgeschnürt, desinfiziert, verbunden. Kim zittert, ist blutbesudelt, seine Finger sind zu dreckig um ein Smartphone bedienen zu können. Geistesabwesend, mit leerem Blick, kramt Sven sein Handy aus der Hosentasche. Hey, Siri, sagt er, ruf einen Krankenwagen. Dann kotzt er und bricht zusammen.

15.12 Uhr: Xenia krallt ihre Fingernägel in die morsche Rinde einer toten Fichte, sie stöhnt, aber nicht laut, denn schließlich könnten andere Wanderer sie hören. Porno steht hinter ihr, stößt sie kräftig und schwitzt dabei stark, so stark, dass Xenia für einen Moment denkt es regnet.

15.15 Uhr: Fix und fertig lässt sich Porno auf einem Baumstumpf nieder. Ein nasses

Handtuch liegt um seine Schulter, der Schweiß, der von seiner Stirn tropf, löscht die Glut der Zigarette mit einem biestigem Zischen. Brummend schaut er auf sein Handy. Was ist denn nur schon wieder los, meckert er, jetzt ist keiner mehr von denen sichtbar. Also entweder haben die ihre Telefone aus, was ich nicht glaube, oder sie sind wieder irgendwo im nirgendwo und haben keinen Empfang. Man, ey, was machen wir denn jetzt? Wollen wir zurück gehen? -Nein, meint Xenia, wir sind noch gar nicht so weit gekommen. Zwei, drei Kilometer schaffen wir schon noch, vielleicht haben sie bis dahin Empfang und wir stoßen auf dem Rückweg dazu, denkst du nicht?
-Ja, doch schon. War ja nur ne Frage.
-Du hast doch noch den letzten Standpunkt von Corbin, dann lass doch einfach mal weiter in diese Richtung laufen, du fauler Sack.

16.00 Uhr: Xenia und Porno haben gerade beide einen Schritt in den kalten, sumpfigen Boden gemacht. Bis zum Oberschenkel stehen sie nun im Morast und schimpfen. Sie haben kein Kokain mehr dabei, nichts zu trinken und nur noch fünf Kippen, die Laune ist angespannt, es kommt zum Streit. Schließlich schreit Xenia ihn an.

-Wenn du nicht so scheiße fett wärst wären wir viel weiter und müssten nicht in dieser Kloake des Waldes herum tapsen wie Schweinebauern.

-Ach, halt doch einfach nur deine Fresse und lass mich in Ruhe.

-Ja, ja, ja, du und deine Ruhe. Weißt du was, ich geb dir Ruhe. Bleib halt hier und krepier in diesem Dreck hier, ich warte nicht mehr länger auf dich.

-Mach endlich und geh mir nicht auf die Nerven.

Xenia sagt nichts mehr, sie zieht ihre pinken Sneaker aus dem Sumpf und stampft wütend davon. Porno hingegen redet noch eine Weile mit sich selbst, während er sich langsam und behebe aus dem Dreck hievt. Am Rand setzt er sich erschöpft auf einen Baum, steckt sich eine Kippe an. Er keucht und schnieft, streichelt seinen 70er Jahre Gedenk-Bart und beschließt sich zu rasieren, wenn er wieder in der Zivilisation ist.

Dann hört er ein Knurren hinter sich und hält den Atem an.

17.23 Uhr: Marek muss ein bisschen weinen, der Qualm der Kippe zieht ihm ins Auge. Er raucht sie ohne seine Hände, nur zwischen seinen Lippen hängend, wie sein Vater es gerne macht, aber so souverän wie er kriegt er es einfach nicht hin. Also heult er ein bisschen wie beim Zwiebelschneiden, während er mit einem Hackebeil mehr schlecht als recht versucht, Svens Brustkorb zu spalten. Dabei plantscht er eher im Blut rum wie ein Kleinkind in der Badewanne, anstatt die Knochen aufzubrechen. Aber es ist eh egal, denn Thomas, sein Vater und im Grunde genommen DIE Person, die er mit der ganzen Aktion hier beeindrucken will, beachtet ihn gar nicht. Der hat nur Augen für Tatjana, die gerade ihr Schlachtermesser schärft. Nachdem sie den einen Antifa Deutschen soeben mit Pfeil und Bogen erlegte, will sie nun einen der zwei noch

Überlebenden direkt mit ihrem Messer kalt machen. Voll auf Speed und im totalen Blutrausch hechtet sie ins Gebüsch und verschwindet mit ihrer schwarzen Tarnkleidung alsbald im Finstern des Waldes.

Xenia beobachtet die Szene hockend, versteckt hinter einem Baum. Ihr Herz schlägt verräterisch wie das arrogante Hämmern eines Spechts. Leise schleicht sie in einem großen Bogen um die beiden Männer, die Sven gerade ausnehmen wie ein Wildschwein. Ihr wird schlecht, sie glüht, sie kotzt. Beide Hände presst sie krampfhaft gegen ihre Lippen aber vergebens - nur einen Augenblick später spürt sie einen heftigen Fußtritt gegen ihre Wirbelsäule, ein Knie, das sich in ihren Rücken bohrt, Hände, die ihren Kopf auf den Boden drücken, ihr Gesicht in den Dreck.

Sie hört das widerliche Lachen der Kerle, die nun auf sie zu geschlendert kommen.

-Na schau mal da, Kleiner, meint Thomas zu Marek, jetzt kannst du deinem alten Herrn ja doch noch beweisen, dass du keine Schwuchtel bist.

Und da färben sich Mareks Augen mit dieser ganz seltsamen, blutrünstigen Gier.

23.23 Uhr: Kim und Paul haben seit Stunden kein Wort gewechselt. Stumm hocken sie in einer kleinen Höhle, vielmehr eine Ausbuchtung, die knapp einen Meter tief in den Fels ragt. Paul kratzt sich am Knie, schon eine ganze Weile. Immer wieder muss er an diese Tiere denken, die Hunde, wenn man es noch so nennen kann. Und dann der Anblick von Sven, wie der Pfeil auf einmal seinen Hals durchbohrte. Das Blut, der panische Ausdruck in seinen Augen. Und wie er ihn zurückgelassen hat. Er ist einfach weggerannt, so schnell er konnte, ohne darüber nachzudenken. Anders als früher, als sie Horrorfilm spielten, als Paul der große Held war, der sich mit Serienkillern und Zombies anlegte.

Aber die Realität lässt keine Helden zu. Nur Überlebende. Würde er einen Film über sich selbst sehen, würde er sagen, was für ein Feigling. Und er schwört sich, dass es beim nächsten Mal alles anders sein wird. Das er sich der Gefahr stellen wird, für Sven, für Corbin, für Alex. Also steht er zitternd aber bestimmt auf, als er es Rascheln hört. Kein Weglaufen mehr, keine Furcht, nein, die Panik für heute ist aufgebraucht. Er ist mutig und voll im Kampfmodus, als er sich dem Knurren aus der Dunkelheit stellt.

Dann verbeisst sich etwas in seine Weichteile, zieht ihn zu Boden. Er schreit noch so lange, bis seine Kehle durchgebissen wird. Röchelnd zuckt er dem Tod entgegen, der so unfassbar schnell angeflogen kommt, so absurd, dass Paul nichts weiter als ein Lächeln für ihn übrig hat.

Ein stolzes Grinsen in der Finsternis, das niemand sieht, außer der Welt selbst.

Tag VIER 00.29 Uhr: Porno hinkt durch die Nacht. Das Biest hat ihn fies an der Wade erwischt. Doch dafür hat er bezahlt, hängt jetzt gehäutet von einer toten Fichte herab, als klare Ansage der Endzeit. Porno Paule, der Metzger, der Soldat, der Partyboy, folgt seinen Instinkten und findet ein glühendes Lagerfeuer. Marek liegt komatös daneben, schnarcht laut. Dann sieht er sie, Xenia, an einem Baum gebunden, geschunden, zerschnitten, verbrannt. Ihr lebloser Kopf hängt herab, blutbesudelt. Porno spürt einen Stich im Herz, weiter nichts.

Jetzt ist er sauer.

Tatjana hangelt sich wie ein Ninja vom Baum herab, springt auf seine Schultern. Sie will ihr Messer in seinen Hals rammen, klappt aber nicht, denn Porno packt ihre Hand und dreht sie nach außen. Schließlich wirft er sie von seinem Nacken herunter und gegen einen Baum. Leicht benommen schüttelt sie ihren Kopf und will sich neu orientieren. Doch zu spät. Porno packt sie an den Ohren und schlägt ihren Schädel gegen den Baum, ganz leise und dumpf. Leicht benommen reißt sie ihre Augen auf, Porno packt derweil einen groben Stock, dann drückt er ihren Kiefer auseinander und rammt ihr das Holz in den Rachen, hebelt ihre Knochen auseinander. Tatjana gibt seltsame Geräusche von sich, die verstummen, als Porno sich mit seinem 130 Kilogramm fetten Hintern direkt auf ihr Gesicht hockt. So bleibt er eine ganze Weile sitzen und pafft gemütlich eine Kippe, während das Leben unter seinem Arsch davon zieht.

Marek stört das nicht, er schlummert unbekümmert tief und fest. Als Porno Tatjanas Taschen durchwühlt, findet er ein Tütchen Speed. Grinsend betrachtet er das weiße Pulver im roten Schimmer der nächtlichen Glut.

04.55 Uhr: Thomas kneift die Augen zusammen, Zigaretten-Qualm zieht in sein Gesicht. Im Hintergrund läuft dröhnende Techno-Musik, die sich anhört, als würde eine CD hängen. Er ist seit fast drei Tagen wach, zieht sich daher noch eine dicke Bahn Speed, wobei er brutal am schwitzen ist. Mit dem groben Verstand eines Holzofens versucht er auf Kims Handy Pokémon zu spielen, drückt dabei auf dem Display herum als würde er eine Gans erwürgen. Seine Frau Lucie kommt derweil vom Keller her gestapft, mit rotem Kopf und ebenso verschwitzt wie ihr Mann. Sie ist nackt, es klebt ein bisschen Blut an ihrer Haut. In den letzten Stunden hat sie sich ausgiebig mit Kim beschäftig, ihn gefoltert, mit Hingabe missbraucht. Sie zieht auch eine Bahn Speed, gibt Thomas einen Kuss und bedankt sich dafür, dass er ihr von seiner Jagd ein Geschenk mitgebracht hat. Für gewöhnlich amüsiert sie sich zwei Tage mit ihren Opfern, bevor sie im Wald ausgesetzt und von den Hunden gejagt werden. Kim hat nicht die geringste Ahnung, was ihm noch alles bevor steht. Momentan hat er sein Bewusstsein verloren und Lucie gönnt ihm eine kleine Pause.

08.00 Uhr: Kim öffnet seine Augen. Der Klang von tiefem, trägem Hämmern erfüllt den Raum. Kim ist kalt, er friert, zittert, hat Schmerzen am ganzen Körper. Mit vernebelten Blick sieht er Porno, der gerade etwas auseinandernimmt. Mit den gekonnten Griffen eines Metzgers zerlegt er gerade Lucie. Als er sieht, dass Kim wach ist, geht er zu ihm rüber, geh, meint er, geh nach Hause zu deiner Familie. Sag einen lieben Gruß. Wir sehen uns, Amigo.

Dann wischt er sich das Blut vom Gesicht und versucht zu lächeln.

10.37 Uhr: Kim schleift sich durch den toten Wald bei prallem Sonnenschein wie ein Zombie durch das Ödland einer hoffnungslosen Zukunft.

BBQ

Der Kaffee schmeckt schon wieder furchtbar, *weil es ihm halt auch nicht wichtig ist*, also lässt sie mies gelaunt keifend die Tasse ins Becken fallen und hinterlässt einen Scherbenhaufen in der finsteren Küche. Er hockt derweilen auf dem Klo, starrt auf sein Handy, das ein Paar beim Ficken im Wald zeigt. Die beiden sind total tätowiert, am ganzen Körper, im Gesicht, an den Genitalien. Marius findet das ziemlich geil, kriegt eine vibrierende Erektion, die von unten an den Rand der Klobrille hämmert. Jener intime Anblick wird von seinem haarigen Speckbauch verdeckt, der zwischen den Knien herabhängt.

Jana steht in der Tür vom Bad, will sich die Zähne putzen. Unbemerkt schaut sie auf ihn herab, kann zwar nicht genau erkennen, was er sich da so voller Faszination auf seinem Smartphone ansieht, aber die Reflexion in seinen Brillengläsern deutet auf etwas pornografisches hin. Jetzt muss auch sie an den Sex besserer Zeiten denken, als Marius noch sportlich war, zumindest nicht fett. Heutzutage werden die beiden höchsten mal intim, wenn sie was getrunken haben und er sich dann sabbernd mit seinem unförmigen Körper über sie drüber schiebt.

Jetzt betrachtet sie dieses Wesen, das sie eins begehrte und was nun aus ihm geworden ist, was sie so beim Schicksal nie bestellte. Ohne was zu sagen marschiert sie zum Waschbecken, dreht den Hahn auf. Marius erwacht aus seiner YouPornTrance und sperrt unbeholfen den Bildschirm seines Telefons, lächelt seine Frau an, die sich gleichgültig die Zähne putzt. Auch wenn es ihm oberflächlich vorkommen mag, aber sie ist irgendwie schon ganz geil, geiler als je zuvor, denkt er sich, die Zeit tut ihr gut.

Eigentlich will er was sagen, irgendwas nettes, ein Kompliment oder so, aber er traut sich nicht. In letzter Zeit reagiert Jana meist genervt wenn er den Mund auf macht, wenn er überhaupt da ist. Sie faucht ihn bei jeder Gelegenheit an, als wäre es ein Hobby von ihr. Weil sie ihn hasst. Und weil sie das Hassen lieben gelernt hat. Im Laufe der Jahre, parallel zum Verlauf seiner zunehmenden Fettigkeit, hat sie viele verschiedene Disziplinen der Abneigung entwickelt. Fauchen ist eine davon. Das nächtliche Treten eine weitere. Peinliche Geschichten in der Öffentlichkeit zu erzählen ist so ihr Freizeit-Ding. Ihm an Geburtstagen Fotos zu zeigen und ihn daran zu erinnern, wie schlank und halbwegs attraktiv er mal gewesen ist, gehört zu den subtilen Formaten. Sexentzug, nun, der rührt schlicht und ergreifend daher, dass sie ihren Mann furchtbar eklig findet. Ihn verlassen? Dazu ist sie zu stolz, weil dann müsste sie sich ihre Fehler eingestehen. Abgesehen davon ist sie auch zu faul. Dazu schmeckt ihr das Essen in den teuren Restaurants zu gut. Dazu fliegt sie zu gerne, geht zu gerne in bonzige Hotels, dazu mag sie ihre Designer-Klamotten zu sehr. Und hasst zu gerne. Es gibt niemanden auf der Welt, den sie an seiner Stelle mehr hassen könnte. Es war jahrelange, harte Arbeit bis sie endlich ein Profi im Hassen war, warum sollte sie das alles aufgeben? Die vielen Stunden, Tage, Wochen, die er unermüdlich arbeitet, nutzt sie sinnvoll um auf der Couch liegend ihr Hassen zu perfektioniert. Wenn sie die Videos der schönen Menschen auf dieser Welt sieht. Wenn sie im Fitnessstudio trainiert und dort die anderen Männer sieht, die Montagvormittag in der Muckibude sind, statt einer sinnlosen Tätigkeit wie Arbeit nachzugehen. Wenn sie in der Sauna die... *na ja, gut. Sauna ist vielleicht kein gutes Beispiel.*

Sie tut jetzt jedenfalls so, als wäre er nicht da, als hätte sie nicht bemerkt, wie er da auf dem Klo hockt, widerlich, schwitzend, mit dem leeren Blick eines Idioten. Um ihn zu ärgern putzt sie sich ganz lasziv und erotisch die Zähne, tropf sich dabei ihr weißes Shirt voll, ganz nass, so dass sie es ausziehen muss. Sie bearbeitet die Zahnbürste übertrieben dreckig.

Marius würde am liebsten aufstehen und schnell zur Arbeit flüchten, wo man ihn mag, aber er traut sich nicht, weil er noch immer einen Ständer hat, für den er sich schämt. Bei jedem anderen Menschen wäre es ihm egal, aber nicht bei seiner Frau. Also fängt er noch mehr an zu schwitzen, was Jana ziemlich erregt, denn sie liebt es ihn so minderwertig, so hilflos zu sehen. Für einen Moment zieht sie es in Erwägung mit ihm zu ficken, hier und jetzt im Bad. Doch Marius hat Probleme mit dem Magen, schon seit er es gestern Abend mit dem Chili übertrieben hat. Er muss ganz furchtbar kacken und kann es auch mit aller Gewalt nicht zurückhalten. Ausgerechnet jetzt, denkt er sich, wo sie mit ihrem ICHBINGEILBlick auf ihn zu schlendert. Doch dann ist alles zu spät. Mit Pauken und Trompeten stürzen heftige Blähungen als Vorboten aus seinem Arsch, kurz darauf rappelt und kracht es auf stinkende, eklige Weise, als würde man in einem Soda Stream die Flasche zum platzen bringen. Jana ist nun nicht mehr erregt, keineswegs. Frustriert stampft sie keifend aus dem Bad.

Eigentlich wollte sie sich nochmal ins Bett werfen und sich unter der Decke verkriechen, bis er endlich aus dem Haus ist, um dann auf der Couch mit Wein und etwas Käse die rauen Männer der Vikings anzugeiern, aber das reicht ihr jetzt nicht mehr. Also streift sie sich ihre Sportsachen über und marschiert aggressiv raus Richtung Fitnessstudio.

Isabell bindet sich gerade ihren Zopf neu. Ihre Haare sind rot und sie trägt sie meistens grob geflochten wie einen Zwiebelzopf. Im Laufe der Zeit - und da sie in Weimar wohnt, der Stadt, die bekannt für ihren Zwiebelmarkt ist - hat sie daraus eine Art Markenzeichen entwickelt. Zumal ihr Körperbau auch ein wenig an eine Zwiebel erinnern mag. Sie ist einen guten Kopf kleiner als ihre beste Freundin, die hochgewachsene, schlanke Jana, und dazu ein wenig kurvig.

-Also, ich bin durch mit diesem Lesben-Ding, meint sie. Nenn' mich altmodisch, altbacken oder sonst wie, Schätzelein, aber da fehlt mir echt der Schwanz, weist du? Einfach jemand, der dich an den Haaren packt und durchfickt, basta.

Jana muss eigentlich immer grinsen, wenn ihre Freundin, die derbmäulige Köchin, ihren Kombüsenslang auspackt, aber heute ist ihr nicht danach. Sie betrachtet ihre dezenten Falten an den Augen, zweifelt, ob man mit Ende dreißig noch blau gefärbte Haare tragen sollte, beschließt nie wieder zu blinzeln, zu essen oder zu lächeln. Durchficken?, seufzt sie leicht abwesend, was ist das? Ich bin schon froh, wenn ich genug Batterien für meinen besten, vibrierenden Freund zuhause habe. Ich glaub, versuch auch mal dieses - wie heißt das nochmal - Lesben-Ding? Soll ja gerade total en vogue sein...

Dann schweigen sie eine Weile, bis sie sich ansehen und laut lachen müssen, so ausgelassen, dass man meint sie wären betrunken. Ach, verdammt hey, sagt Jana schließlich, es könnte alles so lustig sein, wenn

nicht alle immer so ernst wären. Hab' heute morgen Marius beim Scheißen Pornos gucken sehen, wie immer, aber anstatt, dass er mal zu seiner Sexualität steht und locker bleibt, hat er sich geschämt als wären wir sechzehn oder so und ich hätte ihn beim Wichsen erwischt. Meine Fresse, ich hab' echt keinen Bock seine Mutter zu spielen, hey.
-Aber ich dachte, du findest ihn eklig?
Ja, naja, was heißt eklig, ich finde zumindest seinen Körper eklig, seine Art zu reden, seinen Geruch, seinen nichtvorhandenen Humor, seine Spießigkeit, seinen Klamotten-Geschmack, wie er isst, was er isst, wie er trinkt, was er trinkt, sein Gesicht. Und das war's aber auch schon.

Beide lachen wieder, nur nicht mehr ganz so unbeschwert, sondern eher als Flucht vor der tristen Realität. Dann meint Isabell schließlich, na gut, es reicht, Schluss damit, aus und vorbei, wir fahren in den Urlaub, nur wir zwei beide. Wir lassen den ganzen Scheiß hinter uns und machen eine Woche Party. -Na, klar,

erwidert Jana, als hätte Isabell ihr gerade erzählt, dass sich ein Einhorn gekauft hat.
Ich meine es ernst, vollkommen ernst! Wir rocken jetzt nachhause, packen unsere Sachen und fahren an die Ostsee in meine Ferienwohnung. Ich hole dich in zwei Stunden ab und heute Abend hocken wir am Strand mit einem Long Island Ice Tea in der Hand, Deal?

Jana überlegt eine Weile, aber eigentlich nur, damit es dramatischer wirkt, denn das ist die beste Idee aller Zeiten. Deal!, meint sie schließlich mit einem fetten Grinsen im Gesicht und versauten Fantasien im Geist.

Es ist heiß, ein Sommertag, als hätten wir endlich den Planeten in die Hölle geschickt. Und dabei ist es noch nicht mal zehn Uhr. Annabel und Katarina lassen ihre Männer zurück mit dem ganzen Gepäck und marschieren mit den Kindern schon Richtung Meer, sich einen Platz am Strand sichern.

Die Ostsee ist dieser Tage zwar beliebt wie eh und je, aber nicht überlaufen. So finden sich recht zügig ein nettes Fleckchen nah am Aufgang 36. Was auch gut ist, denn der glühende Sand macht einen langen Marsch unmöglich. Trotz der Hitze ist klein Benni total aufgedreht. Er ist zehn und schucht wie angezündet mit seinem Fußball über den Platz. Die alten Leute, die ganz vorne in der ersten Reihe gerade ihr zweites Sektchen öffnen und schon halb mit ihrer BILD Zeitung durch sind, freuen sich über den lebhaften Jungen in seinem Neymar Trikot. Seine Schwester Tanja, sechzehn, fühlt sich davon leicht peinlich berührt, tut aber ganz cool.

Wer den Burschen, der hier solchen Staub aufwirbelt und den Strandabschnitt mit so unfassbar viel Energie überflutet, so gar nicht süß findet, sind die beiden Frauen, die unmittelbar in der Nähe liegen und ihren ersten Martini verdauen. Angenervt schauen sie zu der Familienbande, ziehen dabei eine Fresse des Hasses. Der Sand fliegt zu ihnen rüber, legt sich auf ihre Haut und macht daraus

Schmirgelpapier. Was zu viel des Guten ist. Vor sich her meckernd stehen sie auf und zerren ihre Decke ein paar Meter weiter zur Seite, cremen sich neu ein und legen sich wieder hin. Schau dir mal die zwei Quarktaschen da an, meint Annabel etwas lauter als höflich, da brutzeln die Titten ja in der Sonne wie Bratäpfel im Ofen!
-Der FKK Strand ist aber ein paar hundert Meter weiter hinten, fügt Katarina kichernd hinzu.

Die beiden Mädels haben das gehört, versuchen sich aber nichts anmerken zu lassen, senden nur immer wieder kalte, biestige Blicke in die Richtung der anderen. Da kommen auch schon die Männer, Andreas und Martin, schwer bepackt mit Kühltruhe, Sonnenschirm, Strandmuscheln und Klappstühlen. Der eine Marke Schwarzenegger, der andere Johnny Depp, beide in Hawaiihemden. In annähernd militärischer Präzession bauen sie ihr kleines Lager auf, werfen ihre Klamotten beiseite, verkriechen sich im Schatten, lesen, trinken, spielen, bauen Sandburgen und stürzen sich zwischendurch in die freundlichen Wellen der Ostsee.

Jana und Isabell tun derweil ganz erhaben, lassen sich von der Sonne grillen und fühlen sich dabei ein wenig wie Rockstars, weil der seltsame Familienclan von nebenan immer wieder zu ihnen rüber sieht. Der eine Kerl scheint sie regelrecht zu beobachten, heimlich natürlich nur, wenn die Weiber anderweitig beschäftigt sind, etwa mit schlafen, Sekt trinken, Pommes oder Fischbrötchen fressen oder Vogue lesen. Während Isabell die Blicke von dem durchtrainierten Kerl ganz geil findet, sich darin genüßlich badet, fühlt sich Jana von der ganzen Sippschaft zunehmend genervt. Am liebsten würde sie rüber stapfen, ihnen Sand ins Gesicht kicken und irgendwo hingehen, wo es keine Kinder, keine Familien gibt. Aber es ist Hochsommer, es ist früher Nachmittag und sie sind an der Ostsee. Also schnappt sie sich ihre Kohle, wirft ein regenbogenfarbenes Tuch über ihren nackten Oberkörper und schlendert zur Strand-Bar 69, die wenige Meter am nächsten Dünen-Aufgang liegt, wo sie zwei Long Island Ice Tea ordert.

In der Zwischenzeit ölt sich Isabell lasziv ihre Brüste ein. Dabei übersieht sie, dass nicht nur der Typ direkt nebenan, sondern auch der ein oder andere Opa von den umliegenden Strandkörben zufrieden mit seinem Bier in der Hand in ihre Richtung gafft.

Der Eismann klingelt von der Ferne. Ein dürrer, junger Kerl, mit dicker Brille und einer Retro 50er Friese, prügelt sich und den schweren Wagen in der prallen Hitze über den Strand. Benni und Tanja unterbrechen ihr Volleyball-Spiel gegen Andreas und ihren Vater. Während sich Tanja noch fix von Mutti einen 5er krallt, stürzt ihr kleiner Bruder direkt zum Buddy Holy Eisverkäufer. Auch Katarina schlurft gemütlich, mit ihren Hüften schwingend zum Langnese-Mann, stellt sich in der Schlange direkt hinter Tanja. Aus Freundlichkeit heraus und weil sie grundlegend ein ebenso sonniges wie geschwätziges Gemüt hat, meint Isabell, hat ein bisschen was vom Weihnachtsmann, wenn

der Eismann bei der Hitze so von der Ferne kommt und klingelt, oder?
-Na ja, vielleicht eher was vom Rattenfänger, entgegnet Tanja cool hinter ihrer schwarzen Sonnenbrille her, verpackt mit einem dezenten Lächeln.

Isabell lacht höflich, nur ein wenig holprig, als hätte sie sich an ihrem Lachen verschluckt, ein JA GENAU schiebt sie dann noch hinterher. Dann mustert Tanja sie von oben nach unten, dabei wirkt die 16-jährige nicht wie ein junges Mädchen mit lässigen, schwarzen Madball T-Shirt und weiter Strandhose, sondern eher wie ein Mafiosi, hey, wollt ihr nicht mitmachen?, meint sie schließlich, mit den Augen über ihren Brillenrand blickend, den sie mit den Fingern ihrer rechten Hand etwas nach unten zieht als würde sie jemanden den Slip herab streifen.
-Bitte, was?
-Ob ihr mitmachen wollt?
-Bei was? [leicht verlegen lächelnd]
-Volleyball, wir sind zwar zu viert, aber ich spiele mit meinem kleinen Bruder im Team und

könnte gegen Pa und seinen Terminator-Buddy noch Support gebrauchen.

-Ach, du meinst... [dezent gieriger, angetrunkener Blick zum übertrieben durchtrainierten Andreas, der gerade eine Flasche Wasser trinkt und sich dabei die Hälfte über den sonnengebräunten Oberkörper schüttet]

-Ja, genau, der Typ. Also, seid ihr dabei?

-Klar, warum nicht.

-Supi, dann bis gleich.

-Mhmm...

Jana ist von der Idee zunächst gar nicht begeistert, denn sie kann diese Leute immer noch nicht leiden und es will einfach nicht in ihren Schädel, warum Isabell ihre Zeit mit den vergebenen Kerlen, ihren Weibern und den Kids verschwenden will.

Aber sie spielt für ihr Leben gerne Volleyball, also ist sie mit dabei.

Hi, Andreas, heißt es, und Hi, Martin, und Hi, Jana, und Hi, Isabell, und so, man lernt sich höflich kennen und tauscht Phrasen aus, aber so wirklich gibt es nichts zu erzählen. Tanja und Benni stehen dabei und sind peinlich berührt von der Art und Weise, wie sich die alten Leute begrüßen. Würde ein schlichtes Hi oder ein Kopfnicken nicht einfach reichen und los gehts? Wenn die Körper, Gesten und Situationen schon alles sagen, warum noch dieser sture Fokus auf die verbale Konversation? Schließlich sind die Formalitäten erledigt und kann endlich es losgehen. Gut eine Dreiviertelstunde lang wird unter der glühenden Sonne geschlagen, geblockt, geschmettert, geschwitzt, gelacht, sich in den Sand geworfen, alles begleitet von dummen Sprüchen, bis sich schließlich im Meer abgekühlt wird. Annabel und Katarina kriegen davon nichts mit, denn sie schlafen tief und fest im Fritten und Fisch Fress-Koma. Sie werden wach, als sich ihre nassen Männer über ihnen ausschütteln und sie mit Salzwasser bespritzen.

Ihr Vollidioten, keift Katarina durch ihre lockigen Haare hindurch, geweckt aus einem liebevollen Tagtraum, in dem sie gerade als Batgirl an der Seite von Robert Pattison gegen eine Armee von Jokern kämpfte. Andreas grinst sie an, so dreckig und schadenfroh, dass sein Gesicht für einen Moment mit dem eines geifernden Killerclowns verschmilzt. Ganz ruhig, Babe, meint er beschwichtigend, die Mädels laden uns auf einen Cocktail an der Strandbar ein, wollt ihr mit?

Mädels?! WAS FÜR MÄDELS?!, knurrt Annabel von der Seite, die ebenfalls einen fantastischen Traum hinter sich lassen muss. -Die beiden da, sagt Andi, dabei auf Jana und Isabell zeigend, die sich gerade ihre leicht schlampigen Sommerkleider überwerfen, die aufgrund ihrer nassen Körper grenzwertig obszön transparent sind. -Mit diesen komischen Bitches wollt ihr was trinken? Und wir sollen auch noch mit?
-Ja, genau, antwortet Andi, die Kids mögen sie, also los, einem geschenkten Drink dreht man nicht den Rücken zu.

-Was für ein furchtbar dummer Spruch, raunzt Annabel.
-Na ja, was soll's, meine schlechte Laune könnte einen Cocktail jetzt gut vertragen, erklärt Katarina.

So schlendert die Familie Notnagel mit ihrem befreundeten Paar, der Frisörin Katarina und ihrem Gatten, dem Personal Coach Andi, zur Strandbar 69, wo ihre Urlaubsbekanntschaften, Jana und Isabell, bereits eine gemütliche Ecke freihalten. Freundlich, aber mit gewisser, kühler Distanz, lernen sich die vier Frauen gegenseitig kennen. Während die alten Leute, wie Tanja und Benni die Generation ihrer Eltern halb liebevoll, halb abwerten nennen, sich in guter Erwachsenen-Manier vorstellen, zocken die beiden gegeneinander Street Fighter auf ihren PSP Vita Konsolen.

Die Jugendliche will unbedingt Tierpflegerin werden und hatte in den vergangenen Wochen zahlreiche Vorstellungsgespräche für einen Praktikums-Platz für die Ferien. Die Art und Weise, wie ihre Eltern und ihre Freunde sich mit anderen alten Leuten unterhalten, erinnert sie zu stark an diese antiquierte Art, etwas über den anderen zu erfahren. Immer dieses aufgesetzte Gerede, die zustimmenden, falschen Gesten, das künstliche Grinsen, obwohl man doch eigentlich gähnen will, das übermäßige Gesaufe, weil man das alles sonst nicht erträgt. Und so rattern sie ihrer Standard Sprüche runter, ich bin seit 9 Jahren Personal Coach, habe dies und das studiert, war hier und da als Trainer, habe den und jenen kennengelernt, habe diese Ausbildung gemacht, habe dort gearbeitet, bin dort hin gezogen. Ganz schlimm findet sie immer den Punkt, wenn es ums Private geht. Wenn nicht mehr von mir, sondern von uns die Rede ist. Wir sind dann dorthin geflogen, haben uns das Haus gekauft, dieses Auto, falsche Entscheidungen getroffen, die dann aber doch ganz gut waren, weil man ja Erfahrung gesammelt hat, blablabla. Tanja äfft ihre Eltern ganz gerne mal nach. Sehr zu Missgunsten ihrer Erzeuger-Fraktion nimmt sich das ihr jüngerer Bruder nun auch an. So kommentieren sie abwechselnd - ohne von den Konsolen aufzublicken - mit einem blablabla eine Anekdote, die sie schon bis zum erbrechen oft gehört haben.

Doch als Isabell erwähnt, dass sie eine gelernte Köchin ist, werden Martin und die Frau seines besten Freundes, Katarina, plötzlich lebhaft neugierig und interessiert. Denn die beiden teilen nicht nur einen exzessiven Fanatismus fürs Grillen, sondern betreiben auch gemeinsam einen entsprechenden Instagram-Account und YouTube-Kanal, Die Psycho-Griller. Sie sind mit Leib und Seele Grillfluencer, wie sie stets in unheimlich synchroner Stimmlage sagen. *Denn wir werden absolut geisteskrank wenn's ums Grillen geht!*

Wow, schwärmt Katarina mit leuchtenden Augen, du bist eine echte Köchin?
-Save, meint Isabell lässig mit einem Hang Loose.
Aber nicht irgendwie so neumodisch von wegen vegan und Tofu und so ein scheiß, oder?

-Neeeee, bhää, ich leite einen Texas-BBQ-Restaurant in Weimar.

Da wird Katarina mächtig feucht zwischen den Beinen, bei dem Gedanken an das viele, blutige Fleisch, das mit einem laszivem Zischen auf den heißen Grill fällt, als würde man mit glühenden Fingern einen prallen Arsch klatschen.

Aber es ist ja nicht nur exzellentes Fleisch, was zählt, erläutert Isabell im Verlauf der angeregten Unterhaltung, es ist das ganze Drumherum. Die Gewürze, die Soßen, ja, auch knackiges Gemüse, frische Beilagen, ein gutes, eiskaltes Bier und ein Whisky, der richtig Eier hat, für hinterher, versteht ihr?

Während sie so von ihrer Arbeit erzählt, leuchten ihre Augen wahnsinnig feurig, ihr ganzer, kurviger, tätowierter Körper steht dabei unter Strom. Tanja hingegen kriegt dabei das totale Kotzen. Sie macht Würgegeräusche und ihr kleiner Bruder macht es ihr nach.

Alles gut?, fragt Isabell besorgt, doch Martin kennt das bereits und interveniert, macht euch nichts draus, die Kleine ist gerade auf einem Vegetarier-Trip und findet unseren Instagram-Account so super total eklig, nicht wahr, Kind?
-Trip? Pa, ich werde nie wieder Fleisch essen, das ist kein Trip, es ist eine Lebenseinstellung, ein Lifestyle, wann checkt ihr das endlich?!

Mhm, warte mal ab, bis du endlich einen richtigen Mann kennenlernst, nicht so einen dieser verweichlichten Bubis, mit denen du sonst so rumhängst, sondern einen richtigen Kerl, einen Fleischfresser, dann haust du deine Zähne ganz schnell wieder in ein dickes, saftiges Steak, prophezeit ihre Mutter Annabel.
-Ihr seid so widerlich, faucht Tanja ihren Eltern entgegen, ich brauch frische Luft...

Dann legt sie ihre PSP hin, schnappt sich ihre Bauchtasche und marschiert von dannen. Frische Luft?, wundert sich Jana, wir sitzen doch draußen? -Sie meint damit, sie geht jetzt kiffen. Denn ihr müsst wissen, sie findet auch Alkohol total doof und albern und wir sind ihr immer peinlich, wenn wir was getrunken haben und so, äfft Martin seine Tochter nach.

So ist Benni nun alleine unter den Erwachsenen, flüchtet sich tief in seine Videospiel-Welt.

Nach einigen weiteren Cocktails tun alle so, als wären sie seit Jahren beste Freunde und verabreden sich für heute Abend im Garten der Notnagels zum Grillen. Martin und Katarina sind schon ganz wild darauf, mit der BBQ-Artistin Isabell eine neue Folge der Psycho-Griller zu drehen.

Es werden Nummern und Adressen getauscht, dann verabschieden sich Jana und Isabell, kaufen im alkoholisiertem Übermut noch ein paar Sachen für das Grillfest ein, gehen zu Isabells Ferienwohnung und machen sich frisch.

Während Jana so unter der Dusche steht und sich einseift, berührt sie sich an gewissen Stellen innig, hat dabei das Bild von Andreas im Kopf, wie vorhin am Strand das Wasser aus seiner Trinkflasche seinem starken Hals herab über seinen muskulösen Körper floß... doch dann muss sie an ihren ekligen Mann denken, der zuhause wahrscheinlich gerade wieder kackend auf Klo hockt und sich beim wichsen billige Amateur-Sex-Filmchen reinzieht. Sie kann den Gestank seiner Fäkalien förmlich riechen. Halt, Moment mal, merkt sie plötzlich, hier stinkt es wirklich nach Scheiße, grummelt sie vor sich her.

-Soooorry, entschuldigt sich Isabell, die gerade auf der Toilette sitzt und mit rotem Kopf am Drücken ist. Ich will für die Fress-Orgie heute komplett leer sein. Wie lange brauchst du eigentlich noch? Müsste mich bald mal gründlich abduschen.

Ein Taxi holt die beiden kurz nach sieben ab und es geht los, weg von der typischen, touristischen Promenade und etwas raus aufs Land zu einem malerischen, niedlichen See. Dort steht ein Haus, auch niedlich, bis man es näher sieht, dann wirkt es durch seinen modernen Kern, der wie ein Parasit aus dem 200 Jahre altem Backsteingemäuer bricht. Mit Glasfronten, schwarzen, schwerem Metal, als hätte ein wahnsinniger Architekt ein groteskes Mischwesen erschaffen. Frankensteins Bauhaus-Haus. Die Thüringer Kleinstadt-Mädels sind begeistert von dem Grundstück und allem drum und dran. Es gibt einen großen Garten, schützend umarmt von einer riesigen, dichten Hecke, einen mächtigen Baum mit einem fetten Baumhaus, einen Pool und wenn man vom GrillPlatz, dem Zentrum des Grundstücks, um das sich alles dreht, gerade zu über den übertrieben gewaltigen Steingrill schaut, führt ein kleiner Steg direkt zum kleinen See, wo auch ein kleines Boot anliegt. Isabell, kurze, rote Adidas Shorts, schwarzes Schlabber-Shirt und Lederjacke für später, Basecap, schwarz, verkehrtherum sitzend und blaugraue New Balance, stürzt sich ohne große Reden direkt an ihren Arbeitsplatz, inspiziert den Grill gründlich. Jana, schwarze Anzug-Hose, bequem und dünn, weiße Bluse und zarter Kapuzen-Strickjacke [braun] für die Nacht, bleibt mit ihren gelben Mexico'66 erstmal in der geräumigen, offenen Küche stehen, denn sie schleppt das ganze Zeug. Gemüse, Fleisch, Whisky, Obst, alles in zahlreiche Stoffbeutel gestopft.

Es gibt natürlich erstmal einen Begrüßungs-Cocktail, einen Tequila Sunset, und dann will Isabell eigentlich auch gleich loslegen, denn es gibt eine Menge vorzubereiten und es ist schon spät, aber sie muss sich noch einen kleinen Moment gedulden, bis Martin und Katarina so weit sind, um eine neue Folge für ihren Kanal zu drehen.
Kleines Selfie noch und los geht’s.

Isabell wird von Martin und Katarina anmoderiert als wäre sie die Königin alle Stars und das gefällt ihr natürlich also gibt sie Vollgas. Knapp eine Stunde später ist das Mörder-Fresschen aufgetischt, wie Katarina es mit einer ganz anderen Stimme in die Kamera spricht, als sie im normalen Leben klingt. Tomahawk, Leute, das ist das Wort des Abends, hey, meint sie, untermalt mit Mimik und Gestik als würde sie ein Rap Video drehen.

Unsere geile Bella, Chef-Grillerin vom Thuringia Chainsaw Massaker in Weimar, Nummer eins Adresse wenn ihr es heiß und blutig mögt, ballert uns hier heute die krassesten Tomahawk-Steaks auf die Teller, die ihr euch vorstellen könnt.
-Vergiss es, setzt Martin mit ein, ihr könnt euch das nie im Leben vorstellen, wie unfassbar saftig innen und wie crunchy geil kross von außen diese göttlichen Teile hier sind.
-Absolut, Martin, ab-so-lut! Da leckst du das Fett am Morgen freiwillig vom Rost.
-Stichwort! Bevor wir hier alles kalt werden lassen, stürzten wir uns lieber auf das FLEISCH. Also, Leudings, hau auf die Sau und bis däääään!

Schnitt und aus.

Und dann beginnt das große Stöhnen. Angetrunken machen allen voran Martin und Katarina Geräusche bei jedem Bissen, als hätten sie gerade den versautesten Sex überhaupt. Es wird gestopft, geschmatzt, geleckt, gesoffen, so, wie man sich ein Gelage in einer Ritterburg vorstellt. Eine Orgie mit Fett und Bier. Einzig Tanja isst gesittet ihren Maiskolben und ihren Salat. Der Ekel ist ihr sowas von ins Gesicht geschrieben.

Schließlich hängen alle im Fresskoma in ihren Stühlen. Es gibt Whisky und Zigaretten. Tanja gönnt sich eine Glas-Bong mit Eiswürfeln. Elegant und filigran zieht der Grasrauch nach oben. Hey, Kleines, meint, Isabell mit leicht lallender Stimme, willst du dir wirklich das Gehirn wegkiffen? Ich meine, du bist doch noch so jung und so.
-[Tanja bläst gerade ganz lässig die dicken, weißen Rauchwolken aus ihrer Lunge über die Köpfe der anderen in den tiefroten Abendhimmel] Es ist nicht das Gras, sagt sie, was einen dumm macht, sondern der Alkohol. Alkohol und fettige Kadaver-Brocken.

Da schüttelt Annabel den Kopf und meint, seht ihr, DAS kommt dabei raus, wenn man während der Schwangerschaft nich' säuft: ein Alkohol hassender Veganer!
-Veganerin, schlaumeiert Andi, Veganer-IN.

Ach, Schätzelein, sagt Isabell zu Tanja, du kannst mir nicht erzählen, dass dir beim Anblick einer dicken, saftigen Wurst nicht das Wasser im Mund zusammen läuft. Dann schnappt sie sich eine der selbstgemachten Bratwürste, die es zum Nachtisch gibt, leckt drüber und schiebt sie sich verführerisch in den Mund als würde sie jemanden einen blasen.
-Wow, meint Martin, der mittlerweile ganz schön einen sitzen hat, ich liebe die Art, wie du Würste ist, während er ihren nackten Oberschenkel streichelt.

Okay, das war's, ich bin raus für heute, verkündet Tanja energisch, komm', sagt sie zu Benni, der die ganze Zeit über still schweigend mit seiner PSP Vita verbracht hat, wir gehen jetzt in unser Zimmer. Es ist der Punk-t erreicht, wo wir unsere perversen Eltern allein lassen sollten. Halb abwesend nickt er zustimmend und steht auf ohne was zu sagen.

Isabell ist derweilen rot angelaufen, denn Martins forsche Anmache überfordert sie ein wenig. Hilfesuchend schaut sie zu Jana, die sich mit der linken Hand am Weinglas festhält und mit der rechten versucht ihr Gekicher abzuschirmen. Isabell sucht eine Reaktion im Gesicht von Martins Frau Annabel, doch die sitzt nur rauchend auf ihren Stuhl, mit der Hand in ihrem Schritt vergraben. Im gleichen Moment spürt sie eine weibliche Hand, die ihre Schulter berührt. Entspann dich, flüstert Katarina, die nun hinter ihr steht, wir können hier alle Freunde sein. Dann küsst sie Isabells Nacken, während Martin nochmal für jeden eine Runde Whisky einschänkt.

Jana beobachtet die Szene mit verlegenem Grinsen, trinkt, befeuchtet sich die Lippen und greift nach einer Zigarette. Schließlich ziehen die Drei, Martin, Katarina und Isabell von dannen Richtung Pool-Haus. Isabell wirft Jana noch eine feixende Geste zu, dann verschwindet sie hinter den weißen Vorhängen.

Annabel schaut mit dezent schrägem Blick umher, wobei ihre Hände den Körper abfahren, Selbstbefriedigungsversuche unternehmen, ihre glasigen Augen kündigen allerdings an: *ICH-SCHLAF-GLEICH-EIN*. Jana hingegen ist hellwach, ihr Herz hämmert, weil sie weiß, was gleich passieren wird. Es ist nicht das erste Mal, dass sie ihren Mann betrügt, was es aber nicht weniger aufregend macht. *Scheiß drauf*, denkt sie sich, *man lebt nur einmal und das nicht gestern oder morgen, sondern immer nur heute, hier und jetzt.* Also gibt sie sich der Nacht hin, gierig, ausgehungert, endlich wieder als Mensch fühlend, nicht als Frau, Weib, Mädchen, Partnerin oder so Kram, schlicht und ergreifend animalisch lebendig.

Am nächsten Morgen wacht sie dann auf, geweckt von hartem Geballer und lässigen Sprüchen, eingebettet im flauschigen Weiss eines unfassbar bequemen Bettes. Benni sitzt neben ihr auf der Decke und schaut Stirb Langsam 2. Als sie im Kater-Nebel den Kopf aus dem Kissen hievt meint er, hey, du bist ja gar nicht meine Mama…

Da spielt sich die letzte Nacht wie ein billiger ARD Fernseh-Film in ihrem Kopf ab. Wie peinlich, flüstert sie vor sich her, will eigentlich nur schnell in ihre Klamotten hechten und davon rennen, ganz, ganz weit, bis sie wieder im Gestern angelangt ist, bis zu den Moment, an dem sie hätte sagen können, Nein, ich habe *KEINE* Lust darauf, Volleyball zu spielen oder Nein, ich will mit diesen Leuten nicht an die Strandbar oder neee, BBQ schmeckt mir nicht oder nein, Andi, du darfst deinen Schwanz nicht in mich reinstecken oder irgendwie so in der Art.

Na ja, irgendwie war's dann aber doch auch geil, also scheiß drauf, denkt sie sich schließlich und kramt in die Decke gehüllt ihre Sachen zusammen. Etwas neben der Spur folgt sie dem Kaffeegeruch, der aus der Küche kommt. Dort steht Andi, dick grinsend, Jana hingegen wird rot.
-Kaffee?, fragt Andreas.

-Unbedingt, meint sie, unbedingt.

-Wie geht's dir?

-Ohh, nein, nein, nein, ohne Kaffee und nach so einer Nacht bin ich wirklich nicht für Small Talk verfügbar, no-fucking-way. Ich will nur halbwegs auf Level kommen, Isabell einpacken und ab in die Wohnung und laaaaange, lange duschen.

-Oh-Oh, dass wird dann wohl noch ein Weilchen dauern, denn ich glaube, die gute Bella wird noch ein paar Stunden im Koma liegen, hehehe. Als ich so gegen viere morgens zum pissen bin und noch eine draußen geraucht habe, war draußen im Pool-Haus noch voll die Action. Du kannst aber auch gerne hier duschen.

-[Kopf schüttelnd kippt sie gierig den heißen Kaffee] ne, lass ma' gut sein, sie is' n großes Mädchen und kommt schon klar, ich will bloß weg hier, wenn das ok ist.

-Ob das ok ist?, fragt Andreas leicht verärgert und enttäuscht von ihrer divenhaften Art, klar, kannst du gehen. Wann immer und wohin du willst. Aber habe ich was falsch gemacht? Haben wir dir irgendwas getan?

-Ihr? [lacht] Nein, wieso? Ihr seid alle super. Die super hippe, moderne Familie, aufgeschlossen und all sowas. *All das, was ich nie hatte,* fügt sie noch im Geiste hinzu. Nein, nein, fährt sie nach einem weiteren Schluck Kaffe fort, es liegt einzig und allein an mir, ok? Ich kann mich und mein Leben zur Zeit nur selbst nicht leiden, das ist alles. Nehm's nich' persönlich.
-Keine Angst, hatte ich nicht vor.
-Bitte?
-Nichts. Soll ich dich fahren?
-Wohin?
-Zur Ferienwohnung in die Stadt, ich denke, du willst da unbedingt hin.
-Hihihi, Stadt, wie süß, dass du es Stadt nennst. Aber nein, danke, ich ruf mir ein Taxi, alles gut.
-Wie du meinst, meint Andi, *WIE-DU-MEINST*.

Rauchend wartet sie vorm Haus, versteckt hinter ihrer Sonnenbrille. Ihr Geist ist leer, ihre Gedanken sind ausgedacht. Sie hat nur diesen einen Impuls, alles ungeschehen zu machen.

Du lebst nur einmal, pah, das ist was für junge Leute, mit Träumen, mit Zielen. Ich will nur meine Ruhe haben, meine Sachen, meine Stadt, meine Vormittage auf der Couch und mein Netflix. Vielleicht lege ich mir einfach eine Katze zu.

Das Taxi kommt schließlich, Jana steigt ein ohne nochmal nach hinten zu blicken. In der Wohnung angekommen fällt sie erstmal auf's Sofa und schläft ein. Stunden später wacht sie verschwitzt und mit Super-Kopfschmerzen des Todes auf, schleppt sich unter die Dusche und bleibt dort so lange, bis das Wasser kalt wird und ihre Finger wie Dörrpflaumen aussehen. Danach packt sie ihren Koffer und will nur noch weg, zurück in ihren Alltag, wo sie die Gute ist und alle anderen scheiße. Sobald Isabell da ist, wird sie verschwinden.

Aber Isabell kommt nicht.

Sie geht auch nicht ans Handy. Keine Anrufe, keine Whats App, keine Instagram-Story, nada.

Jana wird ungeduldig. Als sie auf dem Balkon eine Zigarette raucht und ein Glas Wein zur Beruhigung trinkt, kriegt sie endlich eine Nachricht, ein Lebenszeichen ihres Handys. Aber Isabell ist es nicht, es ist ihr Mann, Marius. Er sendet ihr Bilder, grün, aufgenommen von einer Nachtsicht-Kamera. Bilder von letzter Nacht, wie sie den Schwanz von Andi im Mund hat. Wie sie auf ihn reitet. Wie er sie von hinten nimmt. Es sind Aufnahmen aus dem Internet von irgendeiner Amateur-Porno-Seite. Marius kommentiert nur: du miese, kleine Schlampe. Das war's. Du brauchst nicht wieder zukommen. Henry meldet sich bei dir.

Henry ist sein Anwalt.

Marius schickt kleine Videos, in denen er all ihre Sachen in Kisten packt und vor die Tür stellt, dazu schreibt er auf ein Stück Pappe *zum mitnehmen.* Es dauert auch nicht lange, bis sich die ersten Leute darüber stürzen. Zunächst sind sie super skeptisch, weil es neuer und hochwertiger Kram ist. Sie suchen die versteckte Kamera, den Haken daran. Fernsehen? Psychologischer Test? Ne, nehmt einfach alles mit, meint Marius. Ist der Scheiß meiner Ex-Frau.

Jana sieht auf ihrem kleinen iPhone Bildschirm wie Wildfremde ihr geliebtes Zeug davon schleppen. Ihr Leben, denn mehr als das alles hat sie nicht. Keine wahren Freunde. Mal ehrlich, sie und Isabell kennen sich einfach ewig und daher ist sie für Jana mehr wie eine Botschafterin alten Zeiten, aus den wilden, schönen Jahren. Außerdem ist sie klein und mollig und deshalb fühlt sich Jana in ihrer Gegenwart immer etwas besser, etwas schlanker, etwas schöner. Dass die bescheuerten Grill Influencer gestern Isabell ihr vorgezogen haben war ja schon mies, aber jetzt, als sie hilflos mitansehen muss, wie ihr MacBook, ihre Klamotten, ihre Schuhe, ihre Uhren, ihre Espresso-Maschine und alles andere von irgendwelchen Deppen weggezerrt werden, kriegt sie vor Wut Haarausfall.

Bald ist alles weg, die Kartons so gut wie leer. Einzig ihre Dildo-Sammlung bleibt liegen, verachtet vom Volk, wie die Trophäen einer perversen Schwanz-Sammlerin. Tja Schatzi, lacht Marius in die Kamera, wie du siehst sind dir deine engsten Freunde ja noch geblieben....HAHAHAHAHAHAHAHAHAHAHAHA HAHAHAHAHAHAHA.

Jana will laut schreien, so laut, dass sie einen neuen Urknall verursacht und die Karten im Universum neu gemischt werden. Klappt aber nicht. Ihre Stimme verstummt. Mit weit aufgerissenem Mund kauert sie auf dem Boden, kreischt lautlos in ihre Hände. *Vielleicht war das der wichtigste Moment in meinem Leben,* kommt es ihr plötzlich in den Sinn, *vielleicht war das die totale Befreiung, weg von diesem Arschloch Marius, weg von dem ganzen teuren Scheiß. Endlich auf eigenen Beinen stehen. Eigenes Geld verdienen. Unabhängig, modern, einfach frei.*

Dann lächelt sie. Lächelt mit den Blick einer Gestörten. SO EIN BLÖDER SCHEISS, brüllt sie wie ein tollwütiger Gorilla, ICH WERDE DIESES BLÖDE ARSCHLOCH UMBRINGEN!! Dann stürzt sie zur Küche und krallt sich ein großes Messer.

Sie wartet bis es dunkel wird. Wartet im Gebüsch, wartet und wartet und lernt das warten lieben. Als die Finsternis endlich da ist, hat sie bereits alles in ihrem Kopf durchgespielt. Ganz oft. Schon im Taxi auf dem Herweg. Zu verlieren hat sie ja nichts mehr, sie kann nur noch gewinnen, diese süße Befriedigung gewinnen, ihr Messer in lebendiges Fleisch zu rammen. Wieder und wieder. Härter und immer härter. Mit jedem Stoß wird sie sein Leben nehmen, so wie er ihrs genommen hat. Er hat ihr Leben weggefickt und jetzt ist sie dran. Sie kriecht durch die Hecke, schleicht sich von der Seite an, nimmt den Weg über den kleinen Bootssteg, der lieblich im Schatten jener jungen Nacht liegt, unschuldig.

So jung und unschuldig wie Tanja, die bekifft die Sterne beobachtet, dabei mit Kopfhörern tapsig durch den Garten schlendert. *Perfektes Training,* denkt sich Jana, deren Verstand nirgendwo zu finden ist. Sie schiebt sich durch die Dunkelheit, den hölzernen Griff des Messers fest umklammert. Im Hintergrund sitzen die anderen am Tisch, fressen und saufen, genau wie gestern. *Wie jeden Tag. Eigentlich könnte ich auch hier sitzen bleiben und ihnen dabei zusehen, wie sie sich ins Grab futtern, aber das wäre nur halb so...* Und auf einmal geht alles ganz schnell. Tanja hat Jana bemerkt, schaut sie an, bläst Rauch in den schwärzlichen Himmel. Umhüllt vom süßen Marihuana Duft fängt sie auf einmal an zu grinsen, lacht gar. Jana weiß nicht, was das soll, doch dann wird sie unfassbar wütend. Genug Demütigung für einen Tag.
Zack.

Jana spürt einen Schlag auf ihren Hinterkopf, geht nach unten, aber noch nicht ganz runter.

Dann ein Hieb gegen die Kniekehle, noch einen auf den Kopf.
Noch einen.
Noch einen.
Und noch einen.

Dann ist sie weg. Auf einmal ist alles schwarz, ganz schwarz.

Jana wacht auf. Sie ist auf einen Stuhl gebunden, Hände, Füße, Bauch. Es ist der gleiche Stuhl wie gestern, die gleiche Position am Tischende, auch die anderen sind auf den gleichen Plätzen wie gestern. Nur Isabell nicht. Die liegt mitten auf den Tisch. Gegrillt und halb aufgegessen. Ihr grotesker, verkohlter Schädel starrt mit seinen hohlen Augen in eine andere Dimension. Tanja meint, siehst'e, deswegen ess' ich kein Fleisch, hey. Jana schreit, aber nicht lange. Tanja gibt ihr eine heftige Ohrfeige, viel heftiger, als man von dem schmächtigen Mädchen erwarten würde.
Halt dein scheiß Maul, Bitch, faucht sie Jana an.

Dann müssen auf einmal alle lachen. Hey, halt Stopp, Leute, unterbricht Martin die heitere Runde, es ist nicht besonders pädagogisch, wenn ihr meine Tochter bei diesen Kraftausdrücken auch noch unterstützt!
-Da hast du vollkommen recht, stimmt Andi zu, der wie die anderen auch ein weißes Hemd und eine rote Krawatte trägt. Wo sind meine Manieren. Hey, bitte entschuldige, sagt er zu Jana gerichtet während er aufsteht, hier bitte, möchtest du etwas Grill-Titte á la Bella?

Dabei schneidet er etwas von Isabells gegrillter Brust ab, legt es auf einen Teller und stellt es vor Jana hin. Doch die schaut ins Leere, zu viel für ihr Hirn. Du siehst gerade richtig, richtig doof aus, kommentiert Katarina.

Am nächsten Morgen. Andi sitzt gerade mit einem frischen Espresso im Garten am Tisch und gibt seinem Video den letzten Schliff. Hier ein Schnitt, da ein paar Sekunden weg, da ein paar dazu. Eigentlich muss er nur noch den Übergang perfekt hinkriegen, als das Blut und ein bisschen von Janas Gehirn bei dem heftigen Schlag mit dem Hammer direkt auf die Kamera fliegen, um den Schwung in eine harte Blende zu packen, wie ein Stück saftiges, blutiges Steak auf den Grill klatscht. Er ist fast fertig, als Kriminaloberkommissar Rettich an der Tür klingelt. Er will alles über die letzte Nacht wissen. Andi lässt ihn rein, bietet ihm einen Kaffee an und führt ihn in den Garten.

Hey, Axel, meint er, tut mir voll Leid, dass du es gestern nicht mehr geschafft hast.
-Ja, und mir erst, antwortet der schlanke, sportliche Mann mit den kräftigen, grauen Haaren. Ich hab' ja am Morgen noch den Teaser gesehen und dachte mir geil, was wird das wieder für ein fettes Schlachtfest, hab' mich auch schon soooo gefreut, extra den ganzen Tag nichts gefressen und dann stehe ich im EDEKA, mit zwei Flaschen meines Lieblingsweins in der Hand, und da meint dieser scheiß Kanacke vor mir durchdrehen zu müssen. Bedroht die Kassiererin direkt vor meinen Augen mit so'm verfluchten kleinen Mini-Messer, hey. Eigentlich wollte ich ihn ja auslachen, aber kannste eben nich' machen.

Hab' keine Zeit verschwendet und ihn fix abgeknallt Naaa, jedenfalls, als der ganze Papierkram und alles dann rum war und so, war's auch zu spät.

-Tja, Amigo, es lohnt sich halt immer zu meinen BBQs zu kommen, weißt du doch. Ich bin halt der fucking Bitch Butcher, was soll ich sagen. 2 Millionen Follower im Darknet kriegste eben nich' mit Scheißdreck, Alter, verstehste.
-Ja, ja, ja, jetzt beweihräuchere dich nicht so sehr und zeig mal lieber das Video.
-Momentchen, ich muss noch das Ende kurz fertig machen, dann geht's los. Mach's dir derweil bequem und rauch ma noch eine.

Kommissar Rettich setzt sich hin, schlürft an seinem Espresso und zündet sich eine Zigarette an, dabei beobachtet er, wie Benni Fußball im Garten spielt. Hey, meint er zu Andi, ist Martins Sohn schon wieder gewachsen?
-Voll, Herr Kommissar, der wächst wie Unkraut.

Katarina kommt mit etwas Fleischsalat und selbst gebackenem Steinofen-Brot aus der Küche. Sie trägt ein weißes T-Shirt mit einer großen Avocado und dem Spruch, geil - ungefettigte Sex-Eulen, drauf. Hier Jungs, meint sie, ein kleines Vesper für euch. Dann stellt sie sich hinter Andi, legt ihr Hände auf seine Schultern und blickt über seinen Kopf hinweg auf das Video, das er gerade bearbeitet.

So, sagt Andi, bereit für einen Testlauf?

Der Clip beginnt mit dem typischen Intro von Andi aka THE BITCH BUTCHER. Sein Titel-Song ist Weisses Fleisch von Rammstein. Dazu etwas Strobolicht, Nahaufnahmen von blutigem Fleischbrocken, die auf den Grill fallen, Gedärme, Sex-Szenen, diverse Messer und Hackebeile, alles in schneller Abfolge zusammen geschnitten. Dann sieht man den bluterverschmierten Andi, nackt, im Keller stehend, neben sich die tote Isabell, die mit dem Kopf nach unten an einem Fleischerhaken hängt und ausblutet. Er gibt ihr einen Klaps auf den Hintern und spricht in die Kamera.

Mhmmm.... 75 Kilo feinste Premium-Schlampe! Hi und herzlich willkommen zu einer neuen Folge von meiner Reihe - Mach sie zum Opfer - in dem ihr die Macht habt zu entscheiden, wer davon kommt und wer in meinen Keller! Hier neben mir hängt das Frischfleisch der Woche! Ihr wart beim Fang live dabei, ihr habt wie immer fleißig abgestimmt und ta da - hier ist eure Gewinnerin!

Dann sieht man erste Aufnahmen von Isabell und Jana am Strand, wie Annabel, Katarina und die Kids auf sie zukommen, sich neben ihnen niederlassen. Dann wie sie sie einladen und so weiter. Schließlich sieht man in einem geteilten Bildschirm, wie sie mit den beiden Sex haben, darunter in Prozenten angegeben die Abstimmung, wer von beiden geschlachtet werden soll. Die tätowierte, leicht untersetzte und sehr leidenschaftliche Isabell liegt von

Anfang an vorne. Es ist eine klare Entscheidung mit 67 zu 33 Prozent.

Auch Marius, Janas Mann, hat abgestimmt, denn er ist Fan von Andis Kanal im Darknet. Er verpasst keine Folge, unterstützt ihn wie so viele der 2 Millionen Follower finanziell mit 5 Euro monatlich. Als er gesehen hat, dass seine eigene Frau zur Wahl stand, war er natürlich gleich total begeistert, weil - was für eine Ehre! Er hat Andi sogar eine recht dicke Extra-Spende angeboten, wenn er das Voting zu ihren Gunsten manipuliert, aber das macht Andi nicht. Denn es geht nicht nur um Geld, sondern darum, dass seine Fans ihm vertrauen. Und dieses Vertrauen ist mehr wert als alle Kohle der Welt, so schrieb er Marius in seiner sehr freundlichen Antwort. Was er, Marius, total verstehe, er sei ja schließlich selber Fan. Hehehe, schreibt er seinem Idol, mit den Bildern wie sie mich betrügt hat mein Anwalt immerhin jede Menge Spaß bei der Scheidung.
Darauf ein Smiley.

Nicole wird von der heftigen Sonne nahezu gegrillt. An ihrer Under Amour Schildmütze fließt der Schweiß in Strömen. So wie sie das Wasser in ihren schlanken, muskulösen Hals gießt scheint es direkt zu verdampfen. Aber jetzt ist keine Zeit zum nachdenken, noch zwei mal den Ball in gegnerische Feld schmettern und sie haben gewonnen, sie und Pia. Die beiden jungen Frauen mit den fast pechschwarzen Haaren sehen aus wie Geschwister, sind sie aber nicht, könnten unterschiedlicher nicht sein. Die eine aus Sachsen, die andere aus Bayern, haben sie sich erst beim Sportstudium kennengelernt. Sie verstehen sich blind und jetzt gerade ziehen sie Andi und Martin total ab beim Volleyball. Es dauert keine zwanzig Sekunden, bis sie die letzten, entscheidenden Treffer landen. Die beiden Kerle sind total kaputt, zerfließen in der Hitze. Revanche?, meint Nicole grinsend, während sie Wasser über ihren Körper fließen lässt. Keine Chance, lacht Andi voll außer Atem. Aber wir laden euch zum Grillen ein, was meint ihr? Ein paar frische

Steaks für euren Sieg? -Na ja…. zögert Pia etwas… habt ihr auch Maiskolben oder so? Wir sind nämlich Veganer.

Mhhhhhh, läuft Andi das Wasser im Mund zusammen, Veganer.

BRIEF

Der dicke Fred klopft sich den Staub von den Schultern, schnäuzt sich kräftig und wirft seinen Mundschutz neben seine Messer und Schlüssel auf die steinerne Kommode, die früher mal Teil einer Wand war. Seit zwei Monaten besetzt er diesen Unterschlupf, hat sich eingerichtet, alles abgedichtet so gut es geht gereinigt. Er verdünnt sich seinen Wodka mit einem uralten Packen PfirsichEisTee. Gierig schüttet er sich das Gesöff in den Rachen, mischt sich gleich ein neues. Er blickt aus dem Gitterfenster auf eine verwilderte Stadt, der modrige Gestand von Verwesung zieht sich durch die Straßen wie eine Knoblauchfahne. Mit der untergehenden Sonne beginnen die nächtlichen Schreie. Nur die Hälfte aller Menschen in NeüJena haben einen Bunker so wie Fred. Der Rest wird entweder zum Jäger oder zur Beute. Kannibalen, Sekten, Menschenhändler, der dicke Fred schaut leicht betrunken von oben auf sie herab und zündet sich eine Zigarre an. Mit einem Nachtsichtgerät beobachtet er das Treiben in der Finsternis. Die Bockwürste, eine Kannibalen Gang von Übergewichtigen, haben jemanden in ihrer Falle gefangen und verarbeiten den gerade bei lebendigem Leibe zur Wurst. Angefangen bei den Beinen. Der dicke Fred war einst Mitglied, aber er konnte den Gestank von gammligen Blut in der Mittagssonne nicht mehr ertragen. Bevor die anderen merken konnten, dass er dann doch ein Softie ist, hat sich davongeschlichen.

Zwei Häuser weiter misshandeln die Ficker der Nacht schon ihr erstes Opfer, begleitet von den verstörenden Klängen der Straßenmusiker, mit ihren Trommeln, dem Saxophon, den klirrenden Glas, den heulenden Sägen.

Mehr läuft gerade nicht im Abendprogramm. Aber die Nacht fängt ja auch gerade erst an.

Der dicke Fred hat mittlerweile ganz gut einen sitzen und lässt seine Zigarre fallen. Ausgerechnet unter die Fensterbank fällt das gute Stück. Da er mit seinem Bauch immer wieder gegen die Steinplatte an der Wand stößt, kann er sich nicht bücken, kommt beim besten Willen nicht an den Glimmstängel. Also kniet er sich hin, robbt bis zum Fenster, rollt sich auf den Rücken und so unter die Fensterbank hin zur Zigarre. Da entdeckt er im seichten Licht der Kerzen einen Briefumschlag, der von unten an den Stein geklebt ist. Mit seinen wurstigen Fingern reißt er das Kuvert ab und hat alle Mühe, sich hoch zu hieven.

Als er nach einer ganzen Weile, schwitzend vor Anstrengung, wieder auf seinen ausgepolsterten bequemen Sofa sitzt, nimmt er einen tiefen Schluck und muss erstmal chillen. Eine halbe Stunde später fängt er sich wieder und öffnet den Brief. Er inspiziert ihn, schnüffelt daran. Noch immer riecht er nach dem Duft der Verfasserin. Die Handschrift ist makellos, fast schon Künstlerisch. Seit Jahren hat keine Handschrift von solcher Schönheit mehr gesehen. Hihi, kichert er vor sich hin, als er ein Datum sieht. Der Brief stammt also aus einer Zeit, als die Menschen noch ein Datum hatten, als sie sich nach Wochentagen, Stunden, Festen und all so was richteten. Als es noch Wohlstand gab, über die alte weiße Männer regierten. Das Datum ist von einem Sonntag, 15. März 2020. Das Ding ist also schon über fünfzehn Jahre alt.

Der dicke Fred, der noch in der Epoche der Zeit geboren wurde, aber in den Notstationen der Freien Welt aufwuchs, war schon immer gut im Lesen. Auch wenn ihn Geschichtsbücher so gar nicht interessieren, findet er es spannend, ein echtes Dokument von damals in seinen Händen zu halten. Und dazu noch ausgerechnet jetzt, da im Straßentheater der Nacht kaum was geboten wird. So fängt er an zu lesen.

Lieber Mensch, wer auch immer du sein magst. Ich hoffe, dass dieser Brief niemals von jemanden außer mir gefunden wird. Dann wären meine Visionen falsch und das wäre gut so. Wenn nun aber doch jemand diese Zeilen hier findet, dann hatte ich Recht und das bedeutet, dass alles im Arsch ist.

Jedenfalls, jetzt gerade herrscht Panik. Alle fürchten sich vor Geistern und ich glaube deshalb, weil sie es wollen. Fast schon gierig stürzen sich Politik und Wirtschaft auf den Ausnahmezustand. Auf seltsame Art und Weise kommt diese Krise den Mächtigen gerade sehr gelegen. Da ist man gerade dabei, ein Bewusstsein für den Planeten, für die Schönheit der Natur zu entwickeln, da bricht plötzlich eine Epidemie über uns ein und praktisch über Nacht wird das Volk in Panik versetzt. Dabei geht es gar nicht um Leben und Tod, nicht so wie in den Kriegsgebieten, in denen unserer Regierung sich durch Waffenverkauf dumm und dämlich verdient.

Dass der Staat auf allen Ebenen in puncto Klimawandel versagt, Tierquälerei noch immer von der Regierung im großen Stil gefördert wird, dass geschützte Arten wie der Wolf ohne Folgen abgeschlachtet werden kann, dass die

Wälder zu Tode bewirtschaftet werden, dass jeder alte Sack mit einem SUV vom Schwimmbad zum Supermarkt zum Kreuzfahrtschiff fährt, während sie sich darüber beschweren, dass Kinder von Flüchtlingen in unser Land kommen. So viel Unrecht geschieht, so viel Potenzial für einen wichtigen Wandel liegt in der Luft, steht kurz bevor, und auf einmal… auf einmal haben alle vergessen, dass Fettleibigkeit tausende Tote jedes Jahr zur Folge hat, ebenso wie Tabak, Alkohol, Straßenverkehr, alles Dinge, die sich der Mensch selber antut, die aber nicht reguliert werden, weil der Staat sie als Freiheit verkauft.

Dabei besteht die einzige Freiheit nur darin, sich seine Sucht, seinen Untergang, seinen Tod selbst zu wählen und Tag für Tag, Schritt für Schritt darauf zu zugehen. Aber statt zu rebellieren, gibt es jetzt eine große Quarantäne, die Regierung spielt ihre Macht aus und lässt sich als Helden feiern, wobei sie als Verbrecher geahndet werden sollten.

Das einzig positive daran ist, dass dies so oder so ein Ende finden wird. Entweder entwende ich diesen Brief eines Tages selber von dem Stein und füge ihn als Dokument in meine Tagebücher ein, in einer Welt, die frei ist, oder du, wer auch immer du sein magst, wirst ihn finden und eine Antwort auf die Frage finden, wo die Ruinen herkommen, in denen du jetzt lebst.

Halte die Ohren steif, was immer auch passieren mag. Sei frei.

Liebe.Und.Leben.

K.

Der dicke Fred kratzt sich am Bauch, greift an seinen Bart, dann streichelt er seine Glatze. Etwas lustiger hat er sich das schon vorgestellt. So schüttelt er mit dem Kopf, bastelt grobmotorisch aus dem Brief einen Papierflieger und wirft diesen nach draußen in die Welt, die keine Zeit mehr braucht, die keine Menschen mehr braucht.

BÄCKER

Neugierig pressen sie ihre Nasen gegen die Schreibe des Ladens, aus dem dieser ungewohnt appetitliche Duft tänzelt. Meister Ecke war 50 Jahre lang der einzige Bäcker im Dorf, nicht gut, aber beliebt. Faulheit und Lokalpatriotismus ließen ihn überleben. Seit seiner Pensionierung stand der Laden einen Monat leer, dann kam dieser junge Mann, ein dürrer Kerl aus der Großstadt, der die großen Fensterschreiben verdunkelte und Tag wie Nacht dahinter werkelte. Jetzt ist endlich die Eröffnung, extra auf den Samstag gelegt, damit das ganze Dorf da sein kann - und das ist es auch. Bürgermeister, Landfrauenklub, Fußballverein, Taubenzüchter... alle. Es wird gestarrt, geredet, geraucht, ungeduldig gewartet und dann ist es endlich so weit, der

Neuling dessen Namen kaum einer aussprechen kann entriegelt die Glastür und öffnet ganz offiziell seinen Laden. Mit einem fast gruseligen breiten Grinsen bittet er die Leute hinein, was so ähnlich aussieht wie 20 Clowns die in einen Kleinwagen einsteigen wollen.

Und was für ein fabelhafter Laden es ist! Wie sauber und modern und diese Auswahl! Dazu duftet es wie in einem Märchen und die Musik klingt wie in einem Café am Strand von Südspanien. Überhaupt nimmt einen der neue Bäckerladen mit auf eine Reise um die Welt. Doch natürlich nicht, ohne die lokalen Köstlichkeiten zu vergessen. *Denn die Ferne kann nur sehnsüchtig sein, wenn man weiß, wo man her kommt,* steht auf einem eingerahmten Poster über den fein sortierten Spezialitäten aus aller Welt.

Die Leute sind begeistert und so unfassbar freundlich. Dabei hatten ihn seine Freunde aus der Stadt noch ausgelacht und gewarnt vor den Leuten auf dem Land. Wie er auf so eine Idee käme, meinten sie. Wie dumm das sei. Dumm wäre es, entgegnete der Bäcker ihnen, wenn ich die Chance nicht nutzen würde. Warum soll ich ein Angestellter in einer Filiale sein, anstatt meinen eigenen Laden zu haben? Abgesehen davon liegt das Dorf gar nicht so weit weg, er kann also weiterhin in der Stadt wohnen bleiben.

Der drahtige, junge Bäcker mit den blonden Haaren und den grünen Augen kommt aus dem Grinsen gar nicht mehr raus, genauso wie seine Kunden. Jeder will ihm die Hand schütteln, die Männer wollen mit ihm einen Schnaps trinken, die Frauen einen Sekt. So geht das den ganzen Tag, bis er nach dieser überschwänglichen Eröffnung seinen Laden schließt und recht betrunken ans Putzen geht. Da klopft es ans Fenster. Lena, die Tochter vom Wirt nebenan, lächelt durch die Scheibe und lädt ihn auf ein Feierabendbier ein. Moint Vater schickt mich, meint sie, er sagt, sie möchten doch bitte nachher noch im Dorfkrug vorbeischauen, um ihren Einstand zu feiern.

Gern, lügt der Bäcker, dem das eigentlich so gar nicht in den Kram passt, denn er ist bereits verabredet. Seine Freunde schmeißen eine Party für ihn und eingeladen ist auch die Bekannte einer Freundin, auf die er schon seit einer ganzen Weile ein Auge geworfen hat. Also beeilt er sich mit Putzen und schaut noch fix im Dorfkrug auf ein weiteres Bier vorbei. Dort trifft er so gut wie alle Männer, die er auch schon tagsüber getroffen hat. Sie sind alle heiter und betrunken und begrüßen den jungen Mann aus der Stadt mit grölender Begeisterung. Selbst Meister Ecke, der alte Ladenbesitzer, ist da und gibt ihn einen aus.

Stark betrunken stürzt der junge Bäcker im Eiltempo zum Bahnhof, um den letzten Zug zu erwischen. Dabei fällt er ein paar Mal hin, schlägt sich dabei die Handballen blutig. Torkelnd schleppt er sich schließlich in seine WG, wo die Party bereits in vollem Gange ist. Erschrocken über seinen Zustand verfallen seine Freunde zunächst in eine stille Starre, bevor sie in kreischendes Gelächter ausbrechen.

Am nächsten Morgen wacht er verkatert auf, neben ihm eine nackte, fettleibige Friseurin, an deren Namen er sich einfach nicht erinnern kann. Als sie aufwacht, tut er so, als würde er noch schlafen und während er wartet, dass sie sich aus dem Staub macht, schläft er tatsächlich nochmal ein.

In den Wochen darauf lebt er sich ein, lernt seine Stammkunden kennen, Frauen, die Brot und Brötchen für ihre Familie kaufen, Bauarbeiter, die ihr Hackbaguette und Kaffee holen, Schulkinder, die sich mit Süßkram vollstopfen. Im Laufe der Zeit richtet er sich im oberen Stockwerk etwas häuslich ein, schläft von Zeit zu Zeit im Dorf. Meist, wenn er mal wieder rüber zum Dorfkrug geht und sich zum Stammtisch gesellt.

Sein Angebot bekommt den gewissen Feinschliff, so entfernt er zum Beispiel sämtliche Kümmelprodukte aus seinem Sortiment, denn das kauft niemals jemand. Auch die Kalkulationen werden besser, so dass er abends kaum noch was übrig hat. In seiner siebten Woche hat sich alles zum größten Teil eingespielt, der junge Bäcker ist nun ein fester Bestandteil des Dorflebens geworden. Eines Samstagabends, kurz vor Ladenschluss, stolpert Vincent Holm, Sohn des Bürgermeisters, in das Geschäft. Vincent ist Anfang 30, macht aber den Eindruck, als wäre er nie über die siebte Klasse hinausgekommen. Dank Papa hat er immerhin reichlich Kohle, sein Wesen ist aufbrausend und diktatorisch. Da er es sich zur Lebensmaxime gemacht hat, niemals nüchtern das Haus zu verlassen, ist er auch jetzt sturzbetrunken und voll auf Speed. Schniefend stolziert er umher, sagt kein Wort, schaut sich um. Der junge Bäcker lächelt ihn an, was aber eigentlich gar nicht will, denn er kann den aggressiven Kerl nicht leiden.

Gib mir mal drei scheiß Kümmelbrötchen, keift er über die Theke.

Ähm, dass ist schlecht, die gibt's nicht mehr.

Willst du mich verarschen, du Depp? Die gibt's doch immer und überall!

Ja, schon, aber hier im Ort kauft sie keiner. Hab' bis jetzt alle weggeworfen, also hab' ich sie aus dem Sortiment genommen.

Wichser, was fällt dir ein?

Bitte?

Die scheiß Dinger kommen wieder ins Angebot, du dumme Sau, sonst fackel ich dir die Bude hier ab, hast du verstanden?

Bitte?

Du weißt schon Bescheid, du Arschgesicht. Dann gib mir halt die vier Käsebrötchen da, ich muss meinen Jungs was zu beißen mitbringen, sonst sind die scheiße drauf, weißte.

Ja, gerne.

Sei bloß nicht so arrogant, du verdammter Stadtjunge. Du brauchst dich gar nicht für was besseres zu halten.

Mache ich doch gar nicht.

Du sollst dein scheiß Maul halten, du blöder Saufícker, du. Und wenn ich das nächste Mal komme, dann will ich nicht so scheiß leere Regale sehen, sondern mal ein bisschen Auswahl.

Ja, aber ich schließe gleich. Eigentlich bin ich froh, dass nicht so viel am Ende übrig bleibt und weggeschmissen werden muss.

Ist mir doch scheißegal, ob du was wegwerfen musst oder meinetwegen verschenkst, die Regale werden gefüllt, fertig aus.

Nein, ganz bestimmt nicht, meint der junge Bäcker dann doch etwas energischer, als er es gerne hätte. Daraufhin schlägt Vincent ihn ohne Vorwarnung ins Gesicht. Jetzt weißt du was mit Neinsagern hier bei uns passiert, du Superspast. Aber immerhin finde ich es total toll von dir, dass die Käsebrötchen auf's Haus gehen, lacht er lauthals, während er sich im Laden eine Zigarette anzündet und den jungen Bäcker blutend und sprachlos zurücklässt. Nachdem sich dieser wieder gesammelt hat, stürmt er nach nebenan in die Kneipe, wo für gewöhnlich um diese Zeit die ganzen Dorfmänner sitzen, auch Bürgermeister Volker Holm, Vater von Vincent. Aufgekratzt stammelt der junge Bäcker etwas zusammenhangslos, dafür umso lauter im Raum umher. Neger Andi, wie der dunkelhäutige Dorfpolizist liebevoll genannt wird, sagt, jetzt beruhige dich mein Junge, atme durch, trink ’n Schnaps, rauch mal eine und erzähl uns ganz genau, was passiert ist.

Aufgedreht und zitternd schildert er in allen Einzelheiten den Angriff auf seinen Laden. Die Männer hören mit ernster Miene zu, nicken hier und da, trinken nebenbei ihr Bier. Als der junge Bäcker seine Ausführungen beendet hat kippt er noch einen Schnaps, klammert sich an seiner angezündeten aber ungebrauchten Zigarette und schaut die Runde erwartungsvoll an. Doch die zeigen zunächst keine Reaktion. Allein anhand ihrer Blicke entscheiden sie, wer redet. Die Wahl fällt schließlich auf Neger Andi, da er der Polizist ist und immer dann aufstehen müssen, wenn alle anderen keine Lust haben. Also, Kleiner, spricht er mit sanfter, tiefer Stimme, du bist neu bei uns und so und wir können dich auch gut leiden. Ich spreche im Namen aller wenn ich sage, dass wir vernarrt in deine Bäckerskünste sind, wirklich wahr, aber tatsächlich wollten wir schon länger mal mit dir reden, was du so anbietest. Vincent war vielleicht jetzt etwas forsch und hat es einfach tollpatschig frei raus geknafft, aber Recht hat er schon, dass musst du zugeben. Natürlich werden wir mit ihm reden und ihn sagen, dass es sich nicht gehört, die Anliegen der Gemeinde im Alleingang zur Sprache zu bringen, aber grundlegend sehen wir das alle so.

Bitte?, meint der Bäcker fassungslos, ja habt ihr mir denn nicht zugehört? Der hat mir ins Gesicht geschlagen nur weil ich keine verdammten Kümmelbrötchen hatte, die sowieso keiner von euch frisst! Und was ich in meinem Laden anbiete und was nicht ist immer noch meine Sache, oder sehe ich das falsch?!?!

Getuschel flammt auf. Bürgermeister Holm erhebt sich und beruhigt die Lage. Absolut, mein Junge, absolut richtig. Nur du entscheidest, was du anbietest, ganz klar. Aber du musst auch verstehen, dass du diese Entscheidung nunmal nicht alleine treffen kannst, nicht ohne uns. Und wir finden das ja auch total toll, dass du auf Verschwendung achtest und du so dieses junge Leute Gutmenschentum vertrittst und so, aber du als Bäcker bist eben im Dienst unserer Gemeinde und somit hast auch du representative Verpflichtungen, verstehst du? Weißt du, was ich meine?

Zunächst sagt der junge Bäcker erstmal nichts. Er muss nur kräftig schlucken und entscheidet sich nun doch einmal an der Zigarette zu ziehen. Als er merkt, dass diese allerdings schon längst verqualmt ist, bittet er Neger Andi um eine neue. Mit frischer Kippe und einem weiteren Schnaps fängt er an zu nicken und meint nur leicht apathisch, ja, okay, ich glaube ich verstehe.

Und so vergehen die Wochen, Monate in denen der junge Bäcker seinen Verpflichtungen nachkommt und Sklave der Gemeinde wird. Das Bestimmen über sein Sortiment war letztlich nur der Anfang. Mehr und mehr Dinge werden ihm aufgetragen. Hier eine Spende an den Sportverein, da kehren in der Kirche, dann muss er die Töchter und Söhne in den Ferien in seinen Laden einstellen, damit diese Geld verdienen, dann muss er Vincent und seinen Freunden alles geben, was sie wollen und so weiter, und so weiter. Schließlich ist eines Tages Kirmes im Dorf. Traditionell wird dann am Samstagabend im großen Kirmeszelt um Punkt Mitternacht ein ureigenes Dorfgebäck gegessen. Es ist eine Art Mürbeteig Donut gefüllt mit Eierlikör und Vanillepudding. 500 Stück davon muss der junge Bäcker backen, natürlich ohne dafür bezahlt zu werden.

Trotz mehrfacher Einladung, kommt er aber nicht zur Kirmes, der wichtigsten Veranstaltung im Jahr. Er liefert nur die Ware und lässt sich ansonsten ganz provokativ nicht auf dem Fest blicken.

Sonntagfrüh betritt er das große Festzelt. Er trägt eine schwarze Sonnenbrille, raucht einen dicken Joint und hält ein Glas Rotwein in der Hand, das er gefühlvoll schwenkt, während er mit seinen weißen Turnschuhen über die

Leichen hinweg steigt. Er muss ein wenig lachen, als er sieht, wie der DJ tot umgefallen ist und mit seinem Oberkörper auf einer nuttig gekleideten Tänzerin liegt. Die Musik läuft immer noch in Dauerschleife. Genervt von den schrecklichen Klängen Helene Fischers, klettert der junge Bäcker über die Toten hinweg und bahnt seinen Weg zur Bühne, ohne einen Tropfen Wein zu verschütten. Am DJ Pult angekommen kramt er sein iPhone raus und lässt etwas Smooth Jazz laufen. Dann hockt er sich im Schneidersitz an den Bühnenrand, betrachtet das Zelt voller Leichen im seichten Mief von kaltem Schweiß der Sterbenden und raucht gemütlich in den Tag.

Eine Viertelstunde später schlendern seine Mitbewohner in das Zelt hinein, bepackt mit Benzinkanistern Brennpaste. Der junge Bäcker sieht freudig erregt seine Freunde, steht auf, stellt sich an die Kante der Bühne und spricht mit ausgebreiteten Armen, und dieses Mal, Leute, machen wir das Selfie draußen.